THOMAS MANN

Tristan

NOVELLE

MIT EINEM NACHWORT VON
RUDOLF K. GOLDSCHMIT-JENTNER

PHILIPP RECLAM JUN. STUTTGART

Der Text folgt: Thomas Mann: Gesammelte Werke. Novellen.
Erster Band. Berlin: S. Fischer, 1922.

Erläuterungen und Dokumente zu Thomas Manns »Tristan«
liegen unter Nr. 8115 in Reclams Universal-Bibliothek vor.

Universal-Bibliothek Nr. 6431
Alle Rechte vorbehalten
© für diese Ausgabe 1950 Philipp Reclam jun., Stuttgart
Mit Genehmigung des S. Fischer Verlages, Frankfurt am Main
© 1922 S. Fischer Verlag, Berlin
Gesamtherstellung: Reclam, Ditzingen. Printed in Germany 1987
ISBN 3-15-006431-7

Hier ist »Einfried«, das Sanatorium! Weiß und geradlinig liegt es mit seinem langgestreckten Hauptgebäude und seinem Seitenflügel inmitten des weiten Gartens, der mit Grotten, Laubengängen und kleinen Pavillons aus Baumrinde ergötzlich ausgestattet ist, und hinter seinen Schieferdächern ragen tannengrün, massig und weich zerklüftet die Berge himmelan.

Nach wie vor leitet Doktor Leander die Anstalt. Mit seinem zweispitzigen schwarzen Bart, der hart und kraus ist, wie das Roßhaar, mit dem man die Möbel stopft, seinen dicken, funkelnden Brillengläsern und diesem Aspekt eines Mannes, den die Wissenschaft gekältet, gehärtet und mit stillem, nachsichtigem Pessimismus erfüllt hat, hält er auf kurz angebundene und verschlossene Art die Leidenden in seinem Bann, – alle diese Individuen, die, zu schwach, sich selbst Gesetze zu geben und sie zu halten, ihm ihr Vermögen ausliefern, um sich von seiner Strenge schützen lassen zu dürfen.

Was Fräulein von Osterloh betrifft, so steht sie mit unermüdlicher Hingabe dem Haushalte vor. Mein Gott, wie tätig sie treppauf und treppab, von einem Ende der Anstalt zum anderen eilt! Sie herrscht in Küche und Vorratskammer, sie klettert in den Wäscheschränken umher, sie kommandiert die Dienerschaft und bestellt unter den Gesichtspunkten der Sparsamkeit, der Hygiene, des Wohlgeschmacks und der äußeren Anmut den Tisch des Hauses, sie wirtschaftet mit einer rasenden Umsicht, und in ihrer extremen Tüchtigkeit liegt ein beständiger Vorwurf für die gesamte Männerwelt verborgen, von der noch niemand darauf verfallen ist, sie heimzuführen. Auf ihren Wangen aber glüht in zwei runden, karmoisinroten Flecken die unauslöschliche Hoffnung, dereinst Frau Doktor Leander zu werden...

Ozon und stille, stille Luft... für Lungenkranke ist »Einfried«, was Doktor Leanders Neider und Rivalen auch sagen mögen, aufs wärmste zu empfehlen. Aber es halten sich nicht nur Phthisiker, es halten sich Patienten aller Art, Herren, Damen und sogar Kinder hier auf; Doktor Leander hat auf den verschiedensten Gebieten Erfolge aufzuweisen. Es gibt hier gastrisch Leidende, wie die Magistratsrätin Spatz, die 5 überdies an den Ohren krankt, Herrschaften mit Herzfehlern, Paralytiker, Rheumatiker und Nervöse in allen Zuständen. Ein diabetischer General verzehrt hier unter immerwährendem Murren seine Pension. Mehrere Herren mit entfleischten Gesichtern werfen auf jene unbeherrschte Art 10 ihre Beine, die nichts Gutes bedeutet. Eine fünfzigjährige Dame, die Pastorin Höhlenrauch, die neunzehn Kinder zur Welt gebracht hat und absolut keines Gedankens mehr fähig ist, gelangt dennoch nicht zum Frieden, sondern irrt, von einer blöden Unrast getrieben, seit einem Jahre bereits am 15 Arm ihrer Privatpflegerin starr und stumm, ziellos und unheimlich durch das ganze Haus.

Dann und wann stirbt jemand von den »Schweren«, die in ihren Zimmern liegen und nicht zu den Mahlzeiten noch im Konversationszimmer erscheinen, und niemand, selbst der 20 Zimmernachbar nicht, erfährt etwas davon. In stiller Nacht wird der wächserne Gast beiseite geschafft, und ungestört nimmt das Treiben in »Einfried« seinen Fortgang, das Massieren, Elektrisieren und Injizieren, das Duschen, Baden, Turnen, Schwitzen und Inhalieren in den verschiedenen mit allen 25 Errungenschaften der Neuzeit ausgestatteten Räumlichkeiten...

Ja, es geht lebhaft zu hierselbst. Das Institut steht in Flor. Der Portier, am Eingange des Seitenflügels, rührt die große Glocke, wenn neue Gäste eintreffen, und in aller Form ge- 30 leitet Doktor Leander, zusammen mit Fräulein von Osterloh, die Abreisenden zum Wagen. Was für Existenzen hat »Einfried« nicht schon beherbergt! Sogar ein Schriftsteller ist da, ein exzentrischer Mensch, der den Namen irgendeines Minerals oder Edelsteines führt und hier dem Herrgott die 35 Tage stiehlt...

Übrigens ist, neben Doktor Leander, noch ein zweiter Arzt

vorhanden, für die leichten Fälle und die Hoffnungslosen. Aber er heißt Müller und ist überhaupt nicht der Rede wert.

Anfang Januar brachte Großkaufmann Klöterjahn – in Firma A. C. Klöterjahn & Comp. – seine Gattin nach »Einfried«; der Portier rührte die Glocke, und Fräulein von Osterloh begrüßte die weithergereisten Herrschaften im Empfangszimmer zu ebener Erde, das, wie beinahe das ganze vornehme alte Haus, in wunderbar reinem Empirestil eingerichtet war. Gleich darauf erschien auch Doktor Leander; er verbeugte sich, und es entspann sich eine erste, für beide Teile orientierende Konversation.

Draußen lag der winterliche Garten mit Matten über den Beeten, verschneiten Grotten und vereinsamten Tempelchen, und zwei Hausknechte schleppten vom Wagen her, der auf der Chaussee vor der Gatterpforte hielt – denn es führte keine Anfahrt zum Hause –, die Koffer der neuen Gäste herbei.

»Langsam, Gabriele, take care, mein Engel, und halte den Mund zu«, hatte Herr Klöterjahn gesagt, als er seine Frau durch den Garten führte; und in dieses »take care« mußte zärtlichen und zitternden Herzens jedermann innerlich einstimmen, der sie erblickte, – wenn auch nicht zu leugnen ist, daß Herr Klöterjahn es anstandslos auf deutsch hätte sagen können.

Der Kutscher, welcher die Herrschaften von der Station zum Sanatorium gefahren hatte, ein roher, unbewußter Mann ohne Feingefühl, hatte geradezu die Zunge zwischen die Zähne genommen vor ohnmächtiger Behutsamkeit, während der Großkaufmann seiner Gattin beim Aussteigen behilflich war; ja, es hatte ausgesehen, als ob die beiden Braunen, in der stillen Frostluft qualmend, mit rückwärts gerollten Augen angestrengt diesen ängstlichen Vorgang verfolgten, voll Besorgnis für so viel schwache Grazie und zarten Liebreiz.

Die junge Frau litt an der Luftröhre, wie ausdrücklich in dem anmeldenden Schreiben zu lesen stand, das Herr Klöterjahn vom Strande der Ostsee aus an den dirigierenden Arzt von »Einfried« gerichtet hatte, und Gott sei Dank, daß es nicht die Lunge war! Wenn es aber dennoch die Lunge gewesen wäre, – diese neue Patientin hätte keinen holderen und veredelteren, keinen entrückteren und unstofflicheren Anblick gewähren können, als jetzt, da sie an der Seite ihres stämmigen Gatten, weich und ermüdet in den weiß lackierten, gradlinigen Armsessel zurückgelehnt, dem Gespräche folgte.

Ihre schönen, blassen Hände, ohne Schmuck bis auf den schlichten Ehering, ruhten in den Schoßfalten eines schweren und dunklen Tuchrockes, und sie trug eine silbergraue, anschließende Taille mit festem Stehkragen, die mit hochaufliegenden Sammetarabesken über und über besetzt war. Aber diese gewichtigen und warmen Stoffe ließen die unsägliche Zartheit, Süßigkeit und Mattigkeit des Köpfchens nur noch rührender, unirdischer und lieblicher erscheinen. Ihr lichtbraunes Haar, tief im Nacken zu einem Knoten zusammengefaßt, war glatt zurückgestrichen, und nur in der Nähe der rechten Schläfe fiel eine krause, lose Locke in die Stirn, unfern der Stelle, wo über der markant gezeichneten Braue ein kleines, seltsames Äderchen sich blaßblau und kränklich in der Klarheit und Makellosigkeit dieser wie durchsichtigen Stirn verzweigte. Dies blaue Äderchen über dem Auge beherrschte auf eine beunruhigende Art das ganze feine Oval des Gesichts. Es trat sichtbarer hervor, sobald die Frau zu sprechen begann, ja, sobald sie auch nur lächelte, und es gab alsdann dem Gesichtsausdruck etwas Angestrengtes, ja selbst Bedrängtes, was unbestimmte Befürchtungen erweckte. Dennoch sprach sie und lächelte. Sie sprach freimütig und freundlich mit ihrer leicht verschleierten Stimme, und sie lächelte mit ihren Augen, die ein wenig mühsam blickten, ja hier und da eine kleine Neigung zum Verschießen zeigten, und deren Winkel, zu beiden Seiten der schmalen Nasenwurzel, in tiefem Schatten lagen, sowie mit ihrem schönen, breiten Munde, der blaß war und dennoch zu leuchten schien, vielleicht, weil seine Lippen so überaus scharf und deutlich umrissen waren.

Manchmal hüstelte sie. Hierbei führte sie ihr Taschentuch zum Munde und betrachtete es alsdann.

»Hüstle nicht, Gabriele«, sagte Herr Klöterjahn. »Du weißt, daß Doktor Hinzpeter zu Hause es dir extra verboten hat, darling, und es ist bloß, daß man sich zusammennimmt, mein Engel. Es ist, wie gesagt, die Luftröhre«, wiederholte er. »Ich glaubte wahrhaftig, es wäre die Lunge, als es losging, und kriegte, weiß Gott, einen Schreck. Aber es ist nicht die Lunge, nee, Deubel noch mal, auf so was lassen wir uns nicht ein, was, Gabriele? hö, hö!«

»Zweifelsohne«, sagte Doktor Leander und funkelte sie mit seinen Brillengläsern an.

Hierauf verlangte Herr Klöterjahn Kaffee, – Kaffee und Buttersemmeln, und er hatte eine anschauliche Art, den K-Laut ganz hinten im Schlunde zu bilden und »Bottersemmeln« zu sagen, daß jedermann Appetit bekommen mußte.

Er bekam, was er wünschte, bekam auch Zimmer für sich und seine Gattin, und man richtete sich ein.

Übrigens übernahm Doktor Leander selbst die Behandlung, ohne Doktor Müller für den Fall in Anspruch zu nehmen.

Die Persönlichkeit der neuen Patientin erregte ungewöhnliches Aufsehen in »Einfried«, und Herr Klöterjahn, gewöhnt an solche Erfolge, nahm jede Huldigung, die man ihr darbrachte, mit Genugtuung entgegen. Der diabetische General hörte einen Augenblick zu murren auf, als er ihrer zum ersten Male ansichtig wurde, die Herren mit den entfleischten Gesichtern lächelten und versuchten angestrengt, ihre Beine zu beherrschen, wenn sie in ihre Nähe kamen, und die Magistratsrätin Spatz schloß sich ihr sofort als ältere Freundin an. Ja, sie machte Eindruck, die Frau, die Herrn Klöterjahns Namen trug! Ein Schriftsteller, der seit ein paar Wochen in »Einfried« seine Zeit verbrachte, ein befremdender Kauz, dessen Name wie der eines Edelgesteines lautete, verfärbte sich geradezu, als sie auf dem Korridor an ihm vorüberging, blieb stehen und stand noch immer wie angewurzelt, als sie schon längst entschwunden war.

Zwei Tage waren noch nicht vergangen, als die ganze Kurgesellschaft mit ihrer Geschichte vertraut war. Sie war aus Bremen gebürtig, was übrigens, wenn sie sprach, an gewissen liebenswürdigen Lautverzerrungen zu erkennen war, und hatte dortselbst vor zwiefacher Jahresfrist dem Großhändler Klöterjahn ihr Jawort fürs Leben erteilt. Sie war ihm in seine Vaterstadt, dort oben am Ostseestrande, gefolgt und hatte ihm vor nun etwa zehn Monaten unter ganz außergewöhnlich schweren und gefährlichen Umständen ein Kind, einen bewundernswert lebhaften und wohlgeratenen Sohn und Erben beschert. Seit diesen furchtbaren Tagen aber war sie nicht wieder zu Kräften gekommen, gesetzt, daß sie jemals bei Kräften gewesen war. Sie war kaum vom Wochenbett erstanden, äußerst erschöpft, äußerst verarmt an Lebenskräften, als sie beim Husten ein wenig Blut aufgebracht hatte, – oh, nicht viel, ein unbedeutendes bißchen Blut; aber es wäre doch besser überhaupt nicht zum Vorschein gekommen, und das Bedenkliche war, daß derselbe kleine, unheimliche Vorfall sich nach kurzer Zeit wiederholte. Nun, es gab Mittel hiergegen, und Doktor Hinzpeter, der Hausarzt, bediente sich ihrer. Vollständige Ruhe wurde geboten, Eisstückchen wurden geschluckt, Morphium ward gegen den Hustenreiz verabfolgt und das Herz nach Möglichkeit beruhigt. Die Genesung aber wollte sich nicht einstellen, und während das Kind, Anton Klöterjahn der Jüngere, ein Prachtstück von einem Baby, mit ungeheurer Energie und Rücksichtslosigkeit seinen Platz im Leben eroberte und behauptete, schien die junge Mutter in einer sanften und stillen Glut dahinzuschwinden... Es war, wie gesagt, die Luftröhre, ein Wort, das in Doktor Hinzpeters Munde eine überraschend tröstliche, beruhigende, fast erheiternde Wirkung auf alle Gemüter ausübte. Aber obgleich es nicht die Lunge war, hatte der Doktor schließlich den Einfluß eines milderen Klimas und des Aufenthaltes in einer Kuranstalt zur Beschleunigung der Heilung als dringend wünschenswert erachtet, und der Ruf des Sanatoriums »Einfried« und seines Leiters hatte das übrige getan.

So verhielt es sich; und Herr Klöterjahn selbst erzählte es jedem, der Interesse dafür an den Tag legte. Er redete laut, salopp und gutgelaunt, wie ein Mann, dessen Verdauung sich in so guter Ordnung befindet wie seine Börse, mit weit ausladenden Lippenbewegungen, in der breiten und dennoch rapiden Art der Küstenbewohner vom Norden. Manche Worte schleuderte er hervor, daß jeder Laut einer kleinen Entladung glich, und lachte darüber wie über einen gelungenen Spaß.

Er war mittelgroß, breit, stark und kurzbeinig und besaß ein volles, rotes Gesicht mit wasserblauen Augen, die von ganz hellblonden Wimpern beschattet waren, geräumigen Nüstern und feuchten Lippen. Er trug einen englischen Bakkenbart, war ganz englisch gekleidet und zeigte sich entzückt, eine englische Familie, Vater, Mutter und drei hübsche Kinder mit ihrer nurse, in »Einfried« anzutreffen, die sich hier aufhielt, einzig und allein, weil sie nicht wußte, wo sie sich sonst aufhalten sollte, und mit der er morgens englisch frühstückte. Überhaupt liebte er es, viel und gut zu speisen und zu trinken, zeigte sich als ein wirklicher Kenner von Küche und Keller und unterhielt die Kurgesellschaft aufs anregendste von den Diners, die daheim in seinem Bekanntenkreise gegeben wurden, sowie mit der Schilderung gewisser auserlesener, hier unbekannter Platten. Hierbei zogen seine Augen sich mit freundlichem Ausdruck zusammen, und seine Sprache erhielt etwas Gaumiges und Nasales, indes leicht schmatzende Geräusche im Schlunde sie begleiteten. Daß er auch anderen irdischen Freuden nicht grundsätzlich abhold war, bewies er an jenem Abend, als ein Kurgast von »Einfried«, ein Schriftsteller von Beruf, ihn auf dem Korridor in ziemlich unerlaubter Weise mit einem Stubenmädchen scherzen sah, – ein kleiner, humoristischer Vorgang, zu dem der betreffende Schriftsteller eine lächerlich angeekelte Miene machte.

Was Herrn Klöterjahns Gattin anging, so war klar und deutlich zu beobachten, daß sie ihm von Herzen zugetan war.

Sie folgte lächelnd seinen Worten und Bewegungen; nicht mit der überheblichen Nachsicht, die manche Leidenden den Gesunden entgegenbringen, sondern mit der liebenswürdigen Freude und Teilnahme gutgearteter Kranker an den zuversichtlichen Lebensäußerungen von Leuten, die in ihrer Haut sich wohlfühlen.

Herr Klöterjahn verweilte nicht lange in »Einfried«. Er hatte seine Gattin hierher geleitet; nach Verlauf einer Woche aber, als er sie wohl aufgehoben und in guten Händen wußte, war seines Bleibens nicht länger. Pflichten von gleicher Wichtigkeit, sein blühendes Kind, sein ebenfalls blühendes Geschäft, riefen ihn in die Heimat zurück; sie zwangen ihn, abzureisen und seine Frau im Genusse der besten Pflege zurückzulassen.

Spinell hieß der Schriftsteller, der seit mehreren Wochen in »Einfried« lebte, Detlev Spinell war sein Name, und sein Äußeres war wunderlich.

Man vergegenwärtige sich einen Brünetten am Anfang der Dreißiger und von stattlicher Statur, dessen Haar an den Schläfen schon merklich zu ergrauen beginnt, dessen rundes, weißes, ein wenig gedunsenes Gesicht aber nicht die Spur irgendeines Bartwuchses zeigt. Es war nicht rasiert, — man hätte es gesehen; weich, verwischt und knabenhaft, war es nur hier und da mit einzelnen Flaumhärchen besetzt. Und das sah ganz merkwürdig aus. Der Blick seiner rehbraunen, blanken Augen war von sanftem Ausdruck, die Nase gedrungen und ein wenig zu fleischig. Ferner besaß Herr Spinell eine gewölbte, poröse Oberlippe römischen Charakters, große kariöse Zähne und Füße von seltenem Umfange. Einer der Herren mit den unbeherrschten Beinen, der ein Zyniker und Witzbold war, hatte ihn hinter seinem Rücken »der verweste Säugling« getauft; aber das war hämisch und wenig zutreffend. – Er ging gut und modisch gekleidet, in langem schwarzen Rock und farbig punktierter Weste.

Er war ungesellig und hielt mit keiner Seele Gemeinschaft.

Nur zuweilen konnte eine leutselige, liebevolle und überquellende Stimmung ihn befallen, und das geschah jedesmal, wenn Herr Spinell in ästhetischen Zustand verfiel, wenn der Anblick von irgend etwas Schönem, der Zusammenklang zweier Farben, eine Vase von edler Form, das vom Sonnenuntergang bestrahlte Gebirge ihn zu lauter Bewunderung hinriß. »Wie schön!« sagte er dann, indem er den Kopf auf die Seite legte, die Schultern emporzog, die Hände spreizte und Nase und Lippen krauste. »Gott, sehen Sie, wie schön!« Und er war imstande, blindlings die distinguiertesten Herrschaften, ob Mann oder Weib, zu umhalsen in der Bewegung solcher Augenblicke ...

Beständig lag auf seinem Tische, für jeden sichtbar, der sein Zimmer betrat, das Buch, das er geschrieben hatte. Es war ein Roman von mäßigem Umfange, mit einer vollkommen verwirrenden Umschlagzeichnung versehen und gedruckt auf einer Art von Kaffeesiebpapier mit Buchstaben, von denen ein jeder aussah wie eine gotische Kathedrale. Fräulein von Osterloh hatte es in einer müßigen Viertelstunde gelesen und fand es »raffiniert«, was ihre Form war, das Urteil »unmenschlich langweilig« zu umschreiben. Es spielte in mondänen Salons, in üppigen Frauengemächern, die voller erlesener Gegenstände waren, voll von Gobelins, uralten Meubles, köstlichem Porzellan, unbezahlbaren Stoffen und künstlerischen Kleinodien aller Art. Auf die Schilderung dieser Dinge war der liebevollste Wert gelegt, und beständig sah man dabei Herrn Spinell, wie er die Nase kraus zog und sagte: »Wie schön! Gott, sehen Sie, wie schön!« ...
Übrigens mußte es wundernehmen, daß er noch nicht mehr Bücher verfaßt hatte, als dieses eine, denn augenscheinlich schrieb er mit Leidenschaft. Er verbrachte den größeren Teil des Tages schreibend auf seinem Zimmer und ließ außerordentlich viele Briefe zur Post befördern, fast täglich einen oder zwei, – wobei es nur als befremdend und belustigend auffiel, daß er seinerseits höchst selten welche empfing ...

Herr Spinell saß der Gattin Herrn Klöterjahns bei Tische gegenüber. Zur ersten Mahlzeit, an der die Herrschaften teilnahmen, erschien er ein wenig zu spät in dem großen Speisesaal im Erdgeschoß des Seitenflügels, sprach mit weicher Stimme einen an alle gerichteten Gruß und begab sich an seinen Platz, worauf Doktor Leander ihn ohne viel Zeremonie den neu Angekommenen vorstellte. Er verbeugte sich und begann dann, offenbar ein wenig verlegen, zu essen, indem er Messer und Gabel mit seinen großen, weißen und schön geformten Händen, die aus sehr engen Ärmeln hervorsahen, in ziemlich affektierter Weise bewegte. Später ward er frei und betrachtete in Gelassenheit abwechselnd Herrn Klöterjahn und seine Gattin. Auch richtete Herr Klöterjahn im Verlaufe der Mahlzeit einige Fragen und Bemerkungen betreffend die Anlage und das Klima von »Einfried« an ihn, in die seine Frau in ihrer lieblichen Art zwei oder drei Worte einfließen ließ, und die Herr Spinell höflich beantwortete. Seine Stimme war mild und recht angenehm; aber er hatte eine etwas behinderte und schlürfende Art zu sprechen, als seien seine Zähne der Zunge im Wege.

Nach Tische, als man ins Konversationszimmer hinübergegangen war, und Doktor Leander den neuen Gästen im besonderen eine gesegnete Mahlzeit wünschte, erkundigte sich Herrn Klöterjahns Gattin nach ihrem Gegenüber.

»Wie heißt der Herr?« fragte sie ... »Spinelli? Ich habe den Namen nicht verstanden.«

»Spinell ... nicht Spinelli, gnädige Frau. Nein, er ist kein Italiener, sondern bloß aus Lemberg gebürtig, soviel ich weiß ...«

»Was sagten Sie? Er ist Schriftsteller? Oder was?« fragte Herr Klöterjahn; er hielt die Hände in den Taschen seiner bequemen englischen Hose, neigte sein Ohr dem Doktor zu und öffnete, wie manche Leute pflegen, den Mund beim Horchen.

»Ja, ich weiß nicht, – er schreibt ...« antwortete Doktor Leander. »Er hat, glaube ich, ein Buch veröffentlicht, eine Art Roman, ich weiß wirklich nicht ...«

Dieses wiederholte »Ich weiß nicht« deutete an, daß Doktor Leander keine großen Stücke auf den Schriftsteller hielt und jede Verantwortung für ihn ablehnte.

»Aber das ist ja sehr interessant!« sagte Herrn Klöterjahns Gattin. Sie hatte noch nie einen Schriftsteller von Angesicht zu Angesicht gesehen.

»O ja«, erwiderte Doktor Leander entgegenkommend. »Er soll sich eines gewissen Rufes erfreuen ...« Dann wurde nicht mehr von dem Schriftsteller gesprochen.

Aber ein wenig später, als die neuen Gäste sich zurückgezogen hatten und Doktor Leander ebenfalls das Konversationszimmer verlassen wollte, hielt Herr Spinell ihn zurück und erkundigte sich auch seinerseits.

»Wie ist der Name des Paares?« fragte er ... »Ich habe natürlich nichts verstanden.«

»Klöterjahn«, antwortete Doktor Leander und ging schon wieder.

»Wie heißt der Mann?« fragte Herr Spinell ...

»Klöterjahn heißen sie!« sagte Doktor Leander und ging seiner Wege. – Er hielt gar keine großen Stücke auf den Schriftsteller.

Waren wir schon soweit, daß Herr Klöterjahn in die Heimat zurückgekehrt war? Ja, er weilte wieder am Ostseestrande, bei seinen Geschäften und seinem Kinde, diesem rücksichtslosen und lebensvollen kleinen Geschöpf, das seiner Mutter sehr viele Leiden und einen kleinen Defekt an der Luftröhre gekostet hatte. Sie selbst aber, die junge Frau, blieb in »Einfried« zurück, und die Magistratsrätin Spatz schloß sich ihr als ältere Freundin an. Das aber hinderte nicht, daß Herrn Klöterjahns Gattin auch mit den übrigen Kurgästen gute Kameradschaft pflegte, zum Beispiel mit Herrn Spinell, der ihr zum Erstaunen aller (denn er hatte bislang mit keiner Seele Gemeinschaft gehalten) von Anbeginn eine außerordentliche Ergebenheit und Dienstfertigkeit entgegenbrachte, und mit dem sie in den Freistunden, die eine strenge Tagesordnung ihr ließ, nicht ungern plauderte.

Er näherte sich ihr mit einer ungeheuren Behutsamkeit und Ehrerbietung und sprach zu ihr nicht anders, als mit sorgfältig gedämpfter Stimme, so daß die Rätin Spatz, die an den Ohren krankte, meistens überhaupt nichts von dem verstand, was er sagte. Er trat auf den Spitzen seiner großen Füße zu dem Sessel, in dem Herrn Klöterjahns Gattin zart und lächelnd lehnte, blieb in einer Entfernung von zwei Schritten stehen, hielt das eine Bein zurückgestellt und den Oberkörper vorgebeugt und sprach in seiner etwas behinderten und schlürfenden Art leise, eindringlich und jeden Augenblick bereit, eilends zurückzutreten und zu verschwinden, sobald ein Zeichen von Ermüdung und Überdruß sich auf ihrem Gesicht bemerkbar machen würde. Aber er verdroß sie nicht; sie forderte ihn auf, sich zu ihr und der Rätin zu setzen, richtete irgendeine Frage an ihn und hörte ihm dann lächelnd und neugierig zu, denn manchmal ließ er sich so amüsant und seltsam vernehmen, wie es ihr noch niemals begegnet war.

»Warum sind Sie eigentlich in ›Einfried‹?« fragte sie. »Welche Kur gebrauchen Sie, Herr Spinell?«

»Kur? . . . Ich werde ein bißchen elektrisiert. Nein, das ist nicht der Rede wert. Ich werde Ihnen sagen, gnädige Frau, warum ich hier bin. – Des Stiles wegen.«

»Ah!« sagte Herrn Klöterjahns Gattin, stützte das Kinn in die Hand und wandte sich ihm mit einem übertriebenen Eifer zu, wie man ihn Kindern vorspielt, wenn sie etwas erzählen wollen.

»Ja, gnädige Frau. ›Einfried‹ ist ganz Empire, es ist ehedem ein Schloß, eine Sommerresidenz gewesen, wie man mir sagt. Dieser Seitenflügel ist ja ein Anbau aus späterer Zeit, aber das Hauptgebäude ist alt und echt. Es gibt nun Zeiten, in denen ich das Empire einfach nicht entbehren kann, in denen es mir, um einen bescheidenen Grad des Wohlbefindens zu erreichen, unbedingt nötig ist. Es ist klar, daß man sich anders befindet zwischen Möbeln, weich und bequem bis zur Laszivität, und anders zwischen diesen geradlinigen Tischen, Sesseln und Draperien . . . Diese Helligkeit und Härte, diese

14

kalte, herbe Einfachheit und reservierte Strenge verleiht mir
Haltung und Würde, gnädige Frau, sie hat auf die Dauer
eine innere Reinigung und Restaurierung zur Folge, sie hebt
mich sittlich, ohne Frage ...«

5 »Ja, das ist merkwürdig«, sagte sie. »Übrigens verstehe ich
es, wenn ich mir Mühe gebe.«

Hierauf erwiderte er, daß es irgendwelcher Mühe nicht
lohne, und dann lachten sie miteinander. Auch die Rätin
Spatz lachte und fand es merkwürdig; aber sie sagte nicht,
10 daß sie es verstünde.

Das Konversationszimmer war geräumig und schön. Die
hohe, weiße Flügeltür zu dem anstoßenden Billardraume
stand weit geöffnet, wo die Herren mit den unbeherrschten
Beinen und andere sich vergnügten. Andererseits gewährte
15 eine Glastür den Ausblick auf die breite Terrasse und den
Garten. Seitwärts davon stand ein Piano. Ein grün ausge-
schlagener Spieltisch war vorhanden, an dem der diabetische
General mit ein paar anderen Herren Whist spielte. Damen
lasen und waren mit Handarbeiten beschäftigt. Ein eiserner
20 Ofen besorgte die Heizung, aber vor dem stilvollen Kamin,
in dem nachgeahmte, mit glühroten Papierstreifen beklebte
Kohlen lagen, waren behagliche Plauderplätze.

»Sie sind ein Frühaufsteher, Herr Spinell«, sagte Herrn
Klöterjahns Gattin. »Zufällig habe ich Sie nun schon zwei-
25 oder dreimal um halb acht Uhr am Morgen das Haus verlassen sehen.«

»Ein Frühaufsteher? Ach, sehr mit Unterschied, gnädige
Frau. Die Sache ist die, daß ich früh aufstehe, weil ich eigentlich ein Langschläfer bin.«

30 »Das müssen Sie nun erklären, Herr Spinell!« – Auch die
Rätin Spatz wollte es erklärt haben.

»Nun, ... ist man ein Frühaufsteher, so hat man es,
dünkt mich, nicht nötig, gar so früh aufzustehen. Das Gewissen, gnädige Frau, ... es ist eine schlimme Sache mit dem Ge-
35 wissen! Ich und meinesgleichen, wir schlagen uns zeit unseres
Lebens damit herum und haben alle Hände voll zu tun, es
hier und da zu betrügen und ihm kleine, schlaue Genugtuun-

gen zuteil werden zu lassen. Wir sind unnütze Geschöpfe, ich und meinesgleichen, und abgesehen von wenigen guten Stunden schleppen wir uns an dem Bewußtsein unserer Unnützlichkeit wund und krank. Wir hassen das Nützliche, wir wissen, daß es gemein und unschön ist, und wir verteidigen diese Wahrheit, wie man nur Wahrheiten verteidigt, die man unbedingt nötig hat. Und dennoch sind wir so ganz vom bösen Gewissen zernagt, daß kein heiler Fleck mehr an uns ist. Hinzu kommt, daß die ganze Art unserer inneren Existenz, unsere Weltanschauung, unsere Arbeitsweise ... von schrecklich ungesunder, unterminierender, aufreibender Wirkung ist, und auch dies verschlimmert die Sache. Da gibt es nun kleine Linderungsmittel, ohne die man es einfach nicht aushielte. Eine gewisse Artigkeit und hygienische Strenge der Lebensführung zum Beispiel ist manchen von uns Bedürfnis. Früh aufstehen, grausam früh, ein kaltes Bad und ein Spaziergang hinaus in den Schnee ... Das macht, daß wir vielleicht eine Stunde lang ein wenig zufrieden mit uns sind. Gäbe ich mich, wie ich bin, so würde ich bis in den Nachmittag hinein im Bette liegen, glauben Sie mir. Wenn ich früh aufstehe, so ist das eigentlich Heuchelei.«

»Nein, weshalb, Herr Spinell! Ich nenne das Selbstüberwindung ... Nicht wahr, Frau Rätin?« – Auch die Rätin Spatz nannte es Selbstüberwindung.

»Heuchelei oder Selbstüberwindung, gnädige Frau! Welches Wort man nun vorzieht. Ich bin so gramvoll ehrlich veranlagt, daß ich ...«

»Das ist es. Sicher grämen Sie sich zuviel.«

»Ja, gnädige Frau, ich gräme mich viel.«

– Das gute Wetter hielt an. Weiß, hart und sauber, in Windstille und lichtem Frost, in blendender Helle und bläulichem Schatten lag die Gegend, lagen Berge, Haus und Garten, und ein zartblauer Himmel, in dem Myriaden von flimmernden Leuchtkörperchen, von glitzernden Kristallen zu tanzen schienen, wölbte sich makellos über dem Ganzen. Der Gattin Herrn Klöterjahns ging es leidlich in dieser Zeit; sie war fieberfrei, hustete fast gar nicht und aß ohne allzuviel

16

Widerwillen. Oftmals saß sie, wie das ihre Vorschrift war, stundenlang im sonnigen Frost auf der Terrasse. Sie saß im Schnee, ganz in Decken und Pelzwerk verpackt, und atmete hoffnungsvoll die reine, eisige Luft, um ihrer Luftröhre zu
5 dienen. Dann bemerkte sie zuweilen Herrn Spinell, wie er, ebenfalls warm gekleidet und in Pelzschuhen, die seinen Füßen einen phantastischen Umfang verliehen, sich im Garten erging. Er ging mit tastenden Schritten und einer gewissen behutsamen und steif-graziösen Armhaltung durch den
10 Schnee, grüßte sie ehrerbietig, wenn er zur Terrasse kam, und stieg die unteren Stufen hinan, um ein kleines Gespräch zu beginnen.

»Heute, auf meinem Morgenspaziergang, habe ich eine schöne Frau gesehen ... Gott, sie war schön!« sagte er, legte
15 den Kopf auf die Seite und spreizte die Hände.

»Wirklich, Herr Spinell? Beschreiben Sie sie mir doch!«

»Nein, das kann ich nicht. Oder ich würde Ihnen doch ein unrichtiges Bild von ihr geben. Ich habe die Dame im Vorübergehen nur mit einem halben Blicke gestreift, ich habe sie in
20 Wirklichkeit nicht gesehen. Aber der verwischte Schatten von ihr, den ich empfing, hat genügt, meine Phantasie anzuregen und mich ein Bild mit fortnehmen zu lassen, das schön ist ... Gott, es ist schön!«

Sie lachte. »Ist das Ihre Art, sich schöne Frauen zu betrach-
25 ten, Herr Spinell?«

»Ja, gnädige Frau; und es ist eine bessere Art, als wenn ich ihnen plump und wirklichkeitsgierig ins Gesicht starrte und den Eindruck einer fehlerhaften Tatsächlichkeit davontrüge ...«

30 »Wirklichkeitsgierig ... Das ist ein sonderbares Wort! Ein richtiges Schriftstellerwort, Herr Spinell! Aber es macht Eindruck auf mich, will ich Ihnen sagen. Es liegt so manches darin, wovon ich ein wenig verstehe, etwas Unabhängiges und Freies, das sogar der Wirklichkeit die Achtung kündigt, ob-
35 gleich sie doch das Respektabelste ist, was es gibt, ja das Respektable selbst ... Und dann begreife ich, daß es etwas gibt außer dem Handgreiflichen, etwas Zarteres ...«

»Ich weiß nur ein Gesicht«, sagte er plötzlich mit einer seltsam freudigen Bewegung in der Stimme, erhob seine geballten Hände zu den Schultern und ließ in einem exaltierten Lächeln seine kariösen Zähne sehen ... »Ich weiß nur ein Gesicht, dessen veredelte Wirklichkeit durch meine Einbildung korrigieren zu wollen, sündhaft wäre, das ich betrachten, auf dem ich verweilen möchte, nicht Minuten, nicht Stunden, sondern mein ganzes Leben lang, mich ganz darin verlieren und alles Irdische darüber vergessen ...«

»Ja, ja, Herr Spinell. Nur daß Fräulein von Osterloh doch ziemlich abstehende Ohren hat.«

Er schwieg und verbeugte sich tief. Als er wieder aufrecht stand, ruhten seine Augen mit einem Ausdruck von Verlegenheit und Schmerz auf dem kleinen, seltsamen Äderchen, das sich blaßblau und kränklich in der Klarheit ihrer wie durchsichtigen Stirn verzweigte.

Ein Kauz, ein ganz wunderlicher Kauz! Herrn Klöterjahns Gattin dachte zuweilen nach über ihn, denn sie hatte sehr viele Zeit zum Nachdenken. Sei es, daß der Luftwechsel anfing, die Wirkung zu versagen, oder daß irgendein positiv schädlicher Einfluß sie berührt hatte: ihr Befinden war schlechter geworden, der Zustand ihrer Luftröhre schien zu wünschen übrigzulassen, sie fühlte sich schwach, müde, appetitlos, fieberte nicht selten; und Doktor Leander hatte ihr aufs entschiedenste Ruhe, Stillverhalten und Vorsicht empfohlen. So saß sie, wenn sie nicht liegen mußte, in Gesellschaft der Rätin Spatz, verhielt sich still und hing, eine Handarbeit im Schoße, an der sie nicht arbeitete, diesem oder jenem Gedanken nach.

Ja, er machte ihr Gedanken, dieser absonderliche Herr Spinell, und, was das Merkwürdige war, nicht sowohl über seine als über ihre eigene Person; auf irgendeine Weise rief er in ihr eine seltsame Neugier, ein nie gekanntes Interesse für ihr eigenes Sein hervor. Eines Tages hatte er gesprächsweise geäußert:

»Nein, es sind rätselvolle Tatsachen, die Frauen ... sowenig neu es ist, so wenig kann man ablassen, davorzustehen und zu staunen. Da ist ein wunderbares Geschöpf, eine Sylphe, ein Duftgebild, ein Märchentraum von einem Wesen. Was tut sie? Sie geht hin und ergibt sich einem Jahrmarktsherkules oder Schlächterburschen. Sie kommt an seinem Arme daher, lehnt vielleicht sogar ihren Kopf an seine Schulter und blickt dabei verschlagen lächelnd um sich her, als wollte sie sagen: Ja, nun zerbrecht euch die Köpfe über diese Erscheinung! – Und wir zerbrechen sie uns.« –

Hiermit hatte Herrn Klöterjahns Gattin sich wiederholt beschäftigt.

Eines anderen Tages fand zum Erstaunen der Rätin Spatz folgendes Zwiegespräch zwischen ihnen statt.

»Darf ich einmal fragen, gnädige Frau (aber es ist wohl naseweis), wie Sie heißen, wie eigentlich Ihr Name ist?«

»Ich heiße doch Klöterjahn, Herr Spinell!«

»Hm. – Das weiß ich. Oder vielmehr: ich leugne es. Ich meine natürlich Ihren eigenen Namen, Ihren Mädchennamen. Sie werden gerecht sein und einräumen, gnädige Frau, daß, wer Sie ›Frau Klöterjahn‹ nennen wollte, die Peitsche verdiente.«

Sie lachte so herzlich, daß das blaue Äderchen über ihrer Braue beängstigend deutlich hervortrat und ihrem zarten, süßen Gesicht einen Ausdruck von Anstrengung und Bedrängnis verlieh, der tief beunruhigte.

»Nein! Bewahre, Herr Spinell! Die Peitsche? Ist ›Klöterjahn‹ Ihnen so fürchterlich?«

»Ja, gnädige Frau, ich hasse diesen Namen aus Herzensgrund, seit ich ihn zum erstenmal vernahm. Er ist komisch und zum Verzweifeln unschön, und es ist Barbarei und Niedertracht, wenn man die Sitte so weit treibt, auf Sie den Namen Ihres Herrn Gemahls zu übertragen.«

»Nun, und ›Eckhof‹? Ist Eckhof schöner? Mein Vater heißt Eckhof.«

»Oh, sehen Sie! ›Eckhof‹ ist etwas ganz anderes! Eckhof

hieß sogar ein großer Schauspieler. Eckhof passiert. – Sie
erwähnten nur Ihres Vaters. Ist Ihre Frau Mutter . . .«
   »Ja; meine Mutter starb, als ich noch klein war.«
   »Ah. – Sprechen Sie mir doch ein wenig mehr von Ihnen,
darf ich Sie bitten? Wenn es Sie ermüdet, dann nicht. Dann
ruhen Sie, und ich fahre fort, Ihnen von Paris zu erzählen,
wie neulich. Aber Sie könnten ja ganz leise reden, ja, wenn
Sie flüstern, so wird das alles nur schöner machen . . . Sie wurden in Bremen geboren?« Und diese Frage tat er beinahe
tonlos, mit einem ehrfurchtsvollen und inhaltsschweren Ausdruck, als sei Bremen eine Stadt ohnegleichen, eine Stadt
voller unnennbarer Abenteuer und verschwiegener Schön-
heiten, in der geboren zu sein, eine geheimnisvolle Hoheit
verleihe.
   »Ja, denken Sie!« sagte sie unwillkürlich. »Ich bin aus
Bremen.«
   »Ich war einmal dort«, bemerkte er nachdenklich. –
   »Mein Gott, Sie waren auch *dort*? Nein, hören Sie, Herr
Spinell, zwischen Tunis und Spitzbergen haben Sie, glaube
ich, alles gesehen!«
   »Ja, ich war einmal dort«, wiederholte er. »Ein paar kurze
Abendstunden. Ich entsinne mich einer alten, schmalen Straße,
über deren Giebeln schief und seltsam der Mond stand. Dann
war ich in einem Keller, in dem es nach Wein und Moder
roch. Das ist eine durchdringende Erinnerung . . .«
   »Wirklich? Wo mag das gewesen sein? – Ja, in sol-
chem grauen Giebelhause, einem alten Kaufmannshause mit
hallender Diele und weiß lackierter Galerie, bin ich geboren.«
   »Ihr Herr Vater ist also Kaufmann?« fragte er ein wenig
zögernd.
   »Ja. Aber außerdem und eigentlich wohl in erster Linie ist
er ein Künstler.«
   »Ah! Ah! Inwiefern?«
   »Er spielt die Geige . . . Aber das sagt nicht viel. *Wie* er
sie spielt, Herr Spinell, das ist die Sache! Einige Töne habe ich
niemals hören können, ohne daß mir die Tränen so merk-

würdig brennend in die Augen stiegen, wie sonst bei keinem Erlebnis. Sie glauben es nicht . . .«

»Ich glaube es! Ach, ob ich es glaube . . . Sagen Sie mir, gnädige Frau: Ihre Familie ist wohl alt? Es haben wohl schon 5 viele Generationen in dem grauen Giebelhaus gelebt, gearbeitet und das Zeitliche gesegnet?«

»Ja. – Warum fragen Sie übrigens?«

»Weil es nicht selten geschieht, daß ein Geschlecht mit praktischen, bürgerlichen und trockenen Traditionen sich ge- 10 gen das Ende seiner Tage noch einmal durch die Kunst verklärt.«

»Ist dem so? – Ja, was meinen Vater betrifft, so ist er sicherlich mehr ein Künstler, als mancher, der sich so nennt und vom Ruhme lebt. Ich spiele nur ein bißchen Klavier. 15 Jetzt haben sie es mir ja verboten; aber damals, zu Hause, spielte ich noch. Mein Vater und ich, wir spielten zusammen . . . Ja, ich habe all die Jahre in lieber Erinnerung; besonders den Garten, unseren Garten, hinterm Hause. Er war jämmerlich verwildert und verwuchert und von zerbröckel- 20 ten, bemoosten Mauern eingeschlossen; aber gerade das gab ihm viel Reiz. In der Mitte war ein Springbrunnen, mit einem dichten Kranz von Schwertlilien umgeben. Im Sommer verbrachte ich dort lange Stunden mit meinen Freundinnen. Wir saßen alle auf kleinen Feldsesseln rund um den Springbrun- 25 nen herum . . .«

»Wie schön!« sagte Herr Spinell und zog die Schultern empor. »Saßen Sie und sangen?«

»Nein, wir häkelten meistens.«

»Immerhin . . . Immerhin . . .«

30 »Ja, wir häkelten und schwatzten, meine sechs Freundinnen und ich . . .«

»Wie schön! Gott, hören Sie, wie schön!« rief Herr Spinell, und sein Gesicht war gänzlich verzerrt.

»Was finden Sie nun *hieran* so besonders schön, Herr 35 Spinell!«

»Oh, dies, daß es sechs außer Ihnen waren, daß Sie nicht in diese Zahl eingeschlossen waren, sondern daß Sie gleichsam als Königin daraus hervortraten ... Sie waren ausgezeichnet vor Ihren sechs Freundinnen. Eine kleine goldene Krone, ganz unscheinbar, aber bedeutungsvoll, saß in Ihrem Haar und blinkte ...«

»Nein, Unsinn, nichts von einer Krone ...«

»Doch, sie blinkte heimlich. Ich hätte sie gesehen, hätte sie deutlich in Ihrem Haar gesehen, wenn ich in einer dieser Stunden unvermerkt im Gestrüpp gestanden hätte ...«

»Gott weiß, was Sie gesehen hätten. Sie standen aber nicht dort, sondern eines Tages war es mein jetziger Mann, der zusammen mit meinem Vater aus dem Gebüsch hervortrat. Ich fürchte, sie hatten sogar allerhand von unserem Geschwätz belauscht ...«

»Dort war es also, wo Sie Ihren Herrn Gemahl kennenlernten, gnädige Frau?«

»Ja, dort lernte ich ihn kennen!« sagte sie laut und fröhlich, und indem sie lächelte, trat das zartblaue Äderchen angestrengt und seltsam über ihrer Braue hervor. »Er besuchte meinen Vater in Geschäften, wissen Sie. Am nächsten Tage war er zum Diner geladen, und noch drei Tage später hielt er um meine Hand an.«

»Wirklich! Ging das alles so außerordentlich schnell?«

»Ja ... Das heißt, von nun an ging es ein wenig langsamer. Denn mein Vater war der Sache eigentlich gar nicht geneigt, müssen Sie wissen, und machte eine längere Bedenkzeit zur Bedingung. Erstens wollte er mich lieber bei sich behalten, und dann hatte er noch andere Skrupeln. Aber ...«

»Aber?«

»Aber ich *wollte* es eben«, sagte sie lächelnd, und wieder beherrschte das blaßblaue Äderchen mit einem bedrängten und kränklichen Ausdruck ihr ganzes liebliches Gesicht.

»Ah, Sie wollten es.«

»Ja, und ich habe einen ganz festen und respektablen Willen gezeigt, wie Sie sehen ...«

»Wie ich es sehe. Ja.«

»... So daß mein Vater sich schließlich darein ergeben mußte.«

22

»Und so verließen Sie ihn denn und seine Geige, verließen das alte Haus, den verwucherten Garten, den Springbrunnen und Ihre sechs Freundinnen und zogen mit Herrn Klöterjahn.«

5 »Und zog mit ... Sie haben eine Ausdrucksweise, Herr Spinell! – Beinahe biblisch! – Ja, ich verließ das alles, denn so will es ja die Natur.«

»Ja, so will sie es wohl.«

»Und dann handelte es sich ja um mein Glück.«

10 »Gewiß. Und es kam, das Glück ...«

»Das kam in der Stunde, Herr Spinell, als man mir zuerst den kleinen Anton brachte, unseren kleinen Anton, und als er so kräftig mit seinen kleinen gesunden Lungen schrie, stark und gesund wie er ist ...«

15 »Es ist nicht das erstemal, daß ich Sie von der Gesundheit Ihres kleinen Anton sprechen höre, gnädige Frau. Er muß ganz ungewöhnlich gesund sein?«

»Das ist er. Und er sieht meinem Mann so lächerlich ähnlich!«

20 »Ah! – Ja, so begab es sich also. Und nun heißen Sie nicht mehr Eckhof sondern anders und haben den kleinen gesunden Anton und leiden ein wenig an der Luftröhre.«

»Ja. – Und *Sie* sind ein durch und durch rätselhafter Mensch, Herr Spinell, dessen versichere ich Sie ...«

25 »Ja, straf' mich Gott, das sind Sie!« sagte die Rätin Spatz, die übrigens auch noch vorhanden war.

Aber auch mit diesem Gespräch beschäftigte Herrn Klöterjahns Gattin sich mehrere Male in ihrem Innern. So nichtssagend es war, so barg es doch einiges auf seinem Grunde, was 30 ihren Gedanken über sich selbst Nahrung gab. War *dies* der schädliche Einfluß, der sie berührte? Ihre Schwäche nahm zu, und oft stellte Fieber sich ein, eine stille Glut, in der sie mit einem Gefühle sanfter Gehobenheit ruhte, der sie sich in einer nachdenklichen, preziösen, selbstgefälligen und ein 35 wenig beleidigten Stimmung überließ. Wenn sie nicht das Bett hütete und Herr Spinell auf den Spitzen seiner großen Füße mit ungeheurer Behutsamkeit zu ihr trat, in einer

Entfernung von zwei Schritten stehenblieb und, das eine
Bein zurückgestellt und den Oberkörper vorgebeugt, mit ehr-
fürchtig gedämpfter Stimme zu ihr sprach, wie als höbe
er sie in scheuer Andacht sanft und hoch empor und bettete
sie auf Wolkenpfühle, woselbst kein schriller Laut und keine 5
irdische Berührung sie erreichen solle ..., so erinnerte sie sich
der Art, in der Herr Klöterjahn zu sagen pflegte: »Vorsichtig,
Gabriele, take care, mein Engel, und halte den Mund zu!«
eine Art, die wirkte, als schlüge er einem hart und wohlmei-
nend auf die Schulter. Dann aber wandte sie sich rasch von 10
dieser Erinnerung ab, um in Schwäche und Gehobenheit auf
den Wolkenpfühlen zu ruhen, die Herr Spinell ihr dienend
bereitete.

Eines Tages kam sie unvermittelt auf das kleine Gespräch
zurück, das sie mit ihm über ihre Herkunft und Jugend ge- 15
führt hatte.

»Es ist also wahr«, fragte sie, »Herr Spinell, daß Sie die
Krone gesehen hätten?«

Und obgleich jene Plauderei schon vierzehn Tage zurück-
lag, wußte er sofort, um was es sich handelte, und versicherte 20
ihr mit bewegten Worten, daß er damals am Springbrunnen,
als sie unter ihren sechs Freundinnen saß, die kleine Krone
hätte blinken, – sie heimlich in ihrem Haar hätte blinken
sehen.

Einige Tage später erkundigte sich ein Kurgast aus Artig- 25
keit bei ihr nach dem Wohlergehen ihres kleinen Anton daheim. Sie ließ zu Herrn Spinell, der sich in der Nähe befand,
einen hurtigen Blick hinübergleiten und antwortete ein wenig
gelangweilt:

»Danke; wie soll es dem wohl gehen? – Ihm und meinem 30
Mann geht es gut.«

Ende Februar, an einem Frosttage, reiner und leuchtender als
alle, die vorhergegangen waren, herrschte in »Einfried« nichts
als Übermut. Die Herrschaften mit den Herzfehlern bespra-
chen sich untereinander mit geröteten Wangen, der diabeti- 35

sche General trällerte wie ein Jüngling, und die Herren mit den unbeherrschten Beinen waren ganz außer Rand und Band. Was ging vor? Nichts Geringeres, als daß eine gemeinsame Ausfahrt unternommen werden sollte, eine Schlittenpartie in mehreren Fuhrwerken mit Schellenklang und Peitschenknall ins Gebirge hinein; Doktor Leander hatte zur Zerstreuung seiner Patienten diesen Beschluß gefaßt.

Natürlich mußten die »Schweren« zu Hause bleiben. Die armen »Schweren«! Man nickte sich zu und verabredete sich, sie nichts von dem Ganzen wissen zu lassen; es tat allgemein wohl, ein wenig Mitleid üben und Rücksicht nehmen zu können. Aber auch von denen, die sich an dem Vergnügen sehr wohl hätten beteiligen können, schlossen sich einige aus. Was Fräulein von Osterloh anging, so war sie ohne weiteres entschuldigt. Wer wie sie mit Pflichten überhäuft war, durfte an Schlittenpartien nicht ernstlich denken. Der Hausstand verlangte gebieterisch ihre Anwesenheit, und kurzum: sie blieb in »Einfried«. Daß aber auch Herrn Klöterjahns Gattin erklärte, daheim bleiben zu wollen, verstimmte allseitig. Vergebens redete Doktor Leander ihr zu, die frische Fahrt auf sich wirken zu lassen; sie behauptete, nicht aufgelegt zu sein, Migräne zu haben, sich matt zu fühlen, und so mußte man sich fügen. Der Zyniker und Witzbold aber nahm Anlaß zu der Bemerkung:

»Geben Sie acht, nun fährt auch der verweste Säugling nicht mit.«

Und er bekam recht, denn Herr Spinell ließ wissen, daß er heute nachmittag arbeiten wolle; – er gebrauchte sehr gern das Wort »arbeiten« für seine zweifelhafte Tätigkeit. Übrigens beklagte sich keine Seele über sein Fortbleiben, und ebenso leicht verschmerzte man es, daß die Rätin Spatz sich entschloß, ihrer jüngeren Freundin Gesellschaft zu leisten, da das Fahren sie seekrank mache.

Gleich nach dem Mittagessen, das heute schon gegen zwölf Uhr stattgefunden hatte, hielten die Schlitten vor »Einfried«, und in lebhaften Gruppen, warm vermummt, neugierig und angeregt, bewegten sich die Gäste durch den Garten. Herrn

Klöterjahns Gattin stand mit der Rätin Spatz an der Glastür, die zur Terrasse führte, und Herr Spinell am Fenster seines Zimmers, um der Abfahrt zuzusehen. Sie beobachteten, wie unter Scherzen und Gelächter kleine Kämpfe um die besten Plätze entstanden, wie Fräulein von Osterloh, eine Pelzboa um den Hals, von einem Gespann zum anderen lief, um Körbe mit Eßwaren unter die Sitze zu schieben, wie Doktor Leander, die Pelzmütze in der Stirn, mit seinen funkelnden Brillengläsern noch einmal das Ganze überschaute, dann ebenfalls Platz nahm und das Zeichen zum Aufbruch gab ... Die Pferde zogen an, ein paar Damen kreischten und fielen hintüber, die Schellen klapperten, die kurzstieligen Peitschen knallten und ließen ihre langen Schnüre im Schnee hinter den Kufen dreinschleppen, und Fräulein von Osterloh stand an der Gatterpforte und winkte mit ihrem Schnupftuch, bis an einer Biegung der Landstraße die gleitenden Gefährte verschwanden, das frohe Geräusch sich verlor. Dann kehrte sie durch den Garten zurück, um ihren Pflichten nachzueilen, die beiden Damen verließen die Glastür, und fast gleichzeitig trat auch Herr Spinell von seinem Aussichtspunkte ab.

Ruhe herrschte in »Einfried«. Die Expedition war vor Abend nicht zurückzuerwarten. Die »Schweren« lagen in ihren Zimmern und litten. Herrn Klöterjahns Gattin und ihre ältere Freundin unternahmen einen kurzen Spaziergang, worauf sie in ihre Gemächer zurückkehrten. Auch Herr Spinell befand sich in dem seinen und beschäftigte sich auf seine Art. Gegen vier Uhr brachte man den Damen je einen halben Liter Milch, während Herr Spinell seinen leichten Tee erhielt. Kurze Zeit darauf pochte Herrn Klöterjahns Gattin an die Wand, die ihr Zimmer von dem der Magistratsrätin Spatz trennte, und sagte:

»Wollen wir nicht ins Konversationszimmer hinuntergehen, Frau Rätin? Ich weiß nicht mehr, was ich hier anfangen soll.«

»Sogleich, meine Liebe!« antwortete die Rätin. »Ich ziehe nur meine Stiefel an, wenn Sie erlauben. Ich habe nämlich auf dem Bette gelegen, müssen Sie wissen.«

Wie zu erwarten stand, war das Konversationszimmer leer. Die Damen nahmen am Kamine Platz. Die Rätin Spatz stickte Blumen auf ein Stück Stramin, und auch Herrn Klöterjahns Gattin tat ein paar Stiche, worauf sie die Handarbeit in den Schoß sinken ließ und über die Armlehne ihres Sessels hinweg ins Leere träumte. Schließlich machte sie eine Bemerkung, die nicht lohnte, daß man ihretwegen die Zähne voneinander tat; da aber die Rätin Spatz trotzdem »Wie?« fragte, so mußte sie zu ihrer Demütigung den ganzen Satz wiederholen. Die Rätin Spatz fragte nochmals »Wie?« In diesem Augenblicke aber wurden auf dem Vorplatze Schritte laut, die Tür öffnete sich, und Herr Spinell trat ein.

»Störe ich?« fragte er noch an der Schwelle mit sanfter Stimme, während er ausschließlich Herrn Klöterjahns Gattin anblickte und den Oberkörper auf eine gewisse zarte und schwebende Art nach vorne beugte ... Die junge Frau antwortete:

»Ei, warum nicht gar? Erstens ist dieses Zimmer doch als Freihafen gedacht, Herr Spinell, und dann: worin sollten Sie uns stören. Ich habe das entschiedene Gefühl, die Rätin zu langweilen ...«

Hierauf wußte er nichts mehr zu erwidern, sondern ließ nur lächelnd seine kariösen Zähne sehen und ging unter den Augen der Damen mit ziemlich unfreien Schritten bis zur Glastür, woselbst er stehenblieb und hinausschaute, indem er in etwas unerzogener Weise den Damen den Rücken zuwandte. Dann machte er eine halbe Wendung rückwärts, fuhr aber fort, in den Garten hinauszublicken, indes er sagte:

»Die Sonne ist fort. Unvermerkt hat der Himmel sich bezogen. Es fängt schon an, dunkel zu werden.«

»Wahrhaftig, ja, alles liegt in Schatten«, antwortete Herrn Klöterjahns Gattin. »Unsere Ausflügler werden doch noch Schnee bekommen, wie es scheint. Gestern war es um diese Zeit noch voller Tag; nun dämmert es schon.«

»Ach«, sagte er, »nach allen diesen überhellen Wochen tut das Dunkel den Augen wohl. Ich bin dieser Sonne, die Schönes und Gemeines mit gleich aufdringlicher Deutlichkeit bestrahlt, geradezu dankbar, daß sie sich endlich ein wenig verhüllt.«

»Lieben Sie die Sonne nicht, Herr Spinell?«

»Da ich kein Maler bin ... Man wird innerlicher, ohne Sonne. – Es ist eine dicke, weißgraue Wolkenschicht. Vielleicht bedeutet es Tauwetter für morgen. Übrigens würde ich Ihnen nicht raten, dort hinten noch auf die Handarbeit zu blicken, gnädige Frau.«

»Ach, seien Sie unbesorgt, das tue ich ohnehin nicht. Aber was soll man beginnen?«

Er hatte sich auf den Drehsessel vorm Piano niedergelassen, indem er einen Arm auf den Deckel des Instrumentes stützte.

»Musik ...« sagte er. »Wer jetzt ein bißchen Musik zu hören bekäme! Manchmal singen die englischen Kinder kleine nigger-songs, das ist alles.«

»Und gestern nachmittag hat Fräulein von Osterloh in aller Eile die Klosterglocken gespielt«, bemerkte Herrn Klöterjahns Gattin.

»Aber Sie spielen ja, gnädige Frau«, sagte er bittend und stand auf ... »Sie haben ehemals täglich mit Ihrem Herrn Vater musiziert.«

»Ja, Herr Spinell, das war damals! Zur Zeit des Springbrunnens, wissen Sie ...«

»Tun Sie es heute!« bat er. »Lassen Sie dies eine Mal ein paar Takte hören! Wenn Sie wüßten, wie ich dürste ...«

»Unser Hausarzt sowie Doktor Leander haben es mir ausdrücklich verboten, Herr Spinell.«

»Sie sind nicht da, weder der eine noch der andere! Wir sind frei ... Sie sind frei, gnädige Frau! Ein paar armselige Akkorde ...«

»Nein, Herr Spinell, daraus wird nichts. Wer weiß, was für Wunderdinge Sie von mir erwarten! Und ich habe alles verlernt, glauben Sie mir. Auswendig kann ich beinahe nichts.«

»Oh, dann spielen Sie dieses Beinahe-nichts! Und zum Überfluß sind hier Noten, hier liegen sie, oben auf dem Klavier. Nein, dies hier ist nichts. Aber hier ist Chopin ...«

28

Leuchter und blätterte in den Noten. Herr Spinell hatte einen Stuhl an ihre Seite gerückt und saß neben ihr wie ein Musiklehrer.

Sie spielte das Nocturne in Es-Dur, Opus 9, Nummer 2. Wenn sie wirklich einiges verlernt hatte, so mußte ihr Vortrag ehedem vollkommen künstlerisch gewesen sein. Das Piano war nur mittelmäßig, aber schon nach den ersten Griffen wußte sie es mit sicherem Geschmack zu behandeln. Sie zeigte einen nervösen Sinn für differenzierte Klangfarbe und eine Freude an rhythmischer Beweglichkeit, die bis zum Phantastischen ging. Ihr Anschlag war sowohl fest als weich. Unter ihren Händen sang die Melodie ihre letzte Süßigkeit aus, und mit einer zögernden Grazie schmiegten sich die Verzierungen um ihre Glieder.

Sie trug das Kleid vom Tage ihrer Ankunft: die dunkle, gewichtige Taille mit den plastischen Sammetarabesken, die Haupt und Hände so unirdisch zart erscheinen ließ. Ihr Gesichtsausdruck veränderte sich nicht beim Spiele, aber es schien, als ob die Umrisse ihrer Lippen noch klarer würden, die Schatten in den Winkeln ihrer Augen sich vertieften. Als sie geendigt hatte, legte sie die Hände in den Schoß und fuhr fort, auf die Noten zu blicken. Herr Spinell blieb ohne Laut und Bewegung sitzen.

Sie spielte noch ein Nocturne, spielte ein zweites und drittes. Dann erhob sie sich; aber nur, um auf dem oberen Klavierdeckel nach neuen Noten zu suchen.

Herr Spinell hatte den Einfall, die Bände in schwarzen Pappdeckeln zu untersuchen, die auf dem Drehsessel lagen. Plötzlich stieß er einen unverständlichen Laut aus, und seine großen, weißen Hände fingerten leidenschaftlich an einem dieser vernachlässigten Bücher.

»Nicht möglich! ... Es ist nicht wahr! ...« sagte er ... und dennoch täusche ich mich nicht! ... Wissen Sie, was es ... Was hier lag? ... Was ich hier halte? ...«

»Was ist es?« fragte sie.

Da wies er ihr stumm das Titelblatt. Er war ganz bleich, ließ das Buch sinken und sah sie mit zitternden Lippen an.

»Chopin?«

»Ja, die Nocturnes. Und nun fehlt nur, daß ich die Kerzen anzünde...«

»Glauben Sie nicht, daß ich spiele, Herr Spinell! Ich darf nicht. Wenn es mir nun schadet?!« –

Er verstummte. Er stand, mit seinen großen Füßen, seinem langen, schwarzen Rock und seinem grauhaarigen, verwischten, bartlosen Kopf, im Lichte der beiden Klavierkerzen und ließ die Hände hinunterhängen.

»Nun bitte ich nicht mehr«, sagte er endlich leise. »Wenn Sie fürchten, sich zu schaden, gnädige Frau, so lassen Sie die Schönheit tot und stumm, die unter Ihren Fingern laut werden möchte. Sie waren nicht immer so sehr verständig; wenigstens nicht, als es im Gegenteile galt, sich der Schönheit zu begeben. Sie waren nicht besorgt um Ihren Körper und zeigten einen unbedenklicheren und festeren Willen, als Sie den Springbrunnen verließen und die kleine goldene Krone ablegten ... Hören Sie«, sagte er nach einer Pause, und sein Stimme senkte sich noch mehr, »wenn Sie jetzt hier nieder sitzen und spielen wie einst, als noch Ihr Vater neben Ih stand und seine Geige jene Töne singen ließ, die Sie we machten, ... dann kann es geschehen, daß man sie w heimlich in Ihrem Haare blinken sieht, die kleine, g Krone ...«

»Wirklich?« fragte sie und lächelte ... Zufällig ihr die Stimme bei diesem Wort, so daß es zur Häl und zur Hälfte tonlos herauskam. Sie hüstelte dann:

»Sind es wirklich die Nocturnes von Chopin haben?«

»Gewiß. Sie sind aufgeschlagen, und alles ist

»Nun, so will ich denn in Gottes Namen len«, sagte sie. »Aber nur eines, hören Sie? ohnehin für immer genug haben.«

Damit erhob sie sich, legte ihre Hand ging zum Klavier. Sie nahm auf dem dem ein paar gebundene Notenbüch

»Wahrhaftig? Wie kommt das hierher? Also geben Sie«, sagte sie einfach, stellte die Noten aufs Pult, setzte sich und begann nach einem Augenblick der Stille mit der ersten Seite.

Er saß neben ihr, vornübergebeugt, die Hände zwischen den Knien gefaltet, mit gesenktem Kopfe. Sie spielte den Anfang mit einer ausschweifenden und quälenden Langsamkeit, mit beunruhigend gedehnten Pausen zwischen den einzelnen Figuren. Das Sehnsuchtsmotiv, eine einsame und irrende Stimme in der Nacht, ließ leise seine bange Frage vernehmen. Eine Stille und ein Warten. Und siehe, es antwortet: derselbe zage und einsame Klang, nur heller, nur zarter. Ein neues Schweigen. Da setzte mit jenem gedämpften und wundervollen Sforzato, das ist wie ein Sichaufraffen und seliges Aufbegehren der Leidenschaft, das Liebesmotiv ein, stieg aufwärts, rang sich entzückt empor bis zur süßen Verschlingung, sank, sich lösend, zurück, und mit ihrem tiefen Gesange von schwerer, schmerzlicher Wonne traten die Celli hervor und führten die Weise fort . . .

Nicht ohne Erfolg versuchte die Spielende auf dem armseligen Instrument die Wirkungen des Orchesters anzudeuten. Die Violinläufe der großen Steigerung erklangen mit leuchtender Präzision. Sie spielte mit preziöser Andacht, verharrte gläubig bei jedem Gebilde und hob demütig und demonstrativ das Einzelne hervor, wie der Priester das Allerheiligste über sein Haupt erhebt. Was geschah? Zwei Kräfte, zwei entrückte Wesen strebten in Leiden und Seligkeit nacheinander und umarmten sich in dem verzückten und wahnsinnigen Begehren nach dem Ewigen und Absoluten . . . Das Vorspiel flammte auf und neigte sich. Sie endigte da, wo der Vorhang sich teilt, und fuhr dann fort, schweigend auf die Noten zu blicken.

Unterdessen hatte bei der Rätin Spatz die Langeweile jenen Grad erreicht, wo sie des Menschen Antlitz entstellt, ihm die Augen aus dem Kopfe treibt und ihm einen leichenhaften und furchteinflößenden Ausdruck verleiht. Außerdem wirkte diese Art von Musik auf ihre Magennerven, sie versetzte diesen dyspeptischen Organismus in Angstzustände und machte, daß die Rätin einen Krampfanfall befürchtete.

»Ich bin genötigt, auf mein Zimmer zu gehen«, sagte sie schwach. »Leben Sie wohl, ich kehre zurück . . .«

Damit ging sie. Die Dämmerung war weit vorgeschritten. Draußen sah man dicht und lautlos den Schnee auf die Terrasse herniedergehen. Die beiden Kerzen gaben ein wankendes und begrenztes Licht.

»Den zweiten Aufzug«, flüsterte er; und sie wandte die Seiten und begann mit dem zweiten Aufzug.

Hörnerschall verlor sich in der Ferne. Wie? oder war es das Säuseln des Laubes? Das sanfte Rieseln des Quells? Schon hatte die Nacht ihr Schweigen durch Hain und Haus gegossen, und kein flehendes Mahnen vermochte dem Walten der Sehnsucht mehr Einhalt zu tun. Das heilige Geheimnis vollendete sich. Die Leuchte erlosch, mit einer seltsamen, plötzlich gedeckten Klangfarbe senkte das Todesmotiv sich herab, und in jagender Ungeduld ließ die Sehnsucht ihren weißen Schleier dem Geliebten entgegenflattern, der ihr mit ausgebreiteten Armen durchs Dunkel nahte.

O überschwenglicher und unersättlicher Jubel der Vereinigung im ewigen Jenseits der Dinge! Des quälenden Irrtums entledigt, den Fesseln des Raumes und der Zeit entronnen, verschmolzen das Du und das Ich, das Dein und Mein sich zu erhabener Wonne. Trennen konnte sie des Tages tückisches Blendwerk, doch seine prahlende Lüge vermochte die Nachtsichtigen nicht mehr zu täuschen, seit die Kraft des Zaubertrankes ihnen den Blick geweiht. Wer liebend des Todes Nacht und ihr süßes Geheimnis erschaute, dem blieb im Wahn des Lichtes ein einzig Sehnen, die Sehnsucht hin zur heiligen Nacht, der ewigen, wahren, der einsmachenden . . .

O sink hernieder, Nacht der Liebe, gib ihnen jenes Vergessen, das sie ersehnen, umschließe sie ganz mit deiner Wonne und löse sie los von der Welt des Truges und der Trennung. Siehe, die letzte Leuchte verlosch! Denken und Dünken versank in heiliger Dämmerung, die sich welterlösend über des Wahnes Qualen breitet. Dann, wenn das Blendwerk erbleicht,

wenn in Entzücken sich mein Auge bricht: Das, wovon die
Lüge des Tages mich ausschloß, was sie zu unstillbarer Qual
meiner Sehnsucht täuschend entgegenstellte, – *selbst* dann,
o Wunder der Erfüllung! selbst dann bin ich die Welt. – Und
5 es erfolgte zu Brangänens dunklem Habet-Acht-Gesange
jener Aufstieg der Violinen, welcher höher ist, als alle Ver-
nunft.

»Ich verstehe nicht alles, Herr Spinell; sehr vieles ahne ich
nur. Was bedeutet doch dieses – Selbst – dann bin ich die
10 Welt –?«

Er erklärte es ihr, leise und kurz.

»Ja, so ist es. – Wie kommt es nur, daß Sie, der Sie es so
gut verstehen, es nicht auch spielen können?«

Seltsamerweise vermochte er dieser harmlosen Frage nicht
15 standzuhalten. Er errötete, rang die Hände und versank
gleichsam mit seinem Stuhle.

»Das trifft selten zusammen«, sagte er endlich gequält.
»Nein, spielen kann ich nicht. – Aber fahren Sie fort.«

Und sie fuhren fort in den trunkenen Gesängen des Myste-
20 rienspieles. Starb je die Liebe? Tristans Liebe? Die Liebe deiner und meiner Isolde? Oh, des Todes Streiche erreichen die
Ewige nicht! Was stürbe wohl ihm, als was uns stört, was
die Einigen täuschend entzweit? Durch ein süßes Und ver-
knüpfte sie beide die Liebe ... zerriß es der Tod, wie anders,
25 als mit des einen eigenem Leben, wäre dem anderen der Tod
gegeben? Und ein geheimnisvoller Zwiegesang vereinigte sie
in der namenlosen Hoffnung des Liebestodes, des endlos un-
getrennten Umfangenseins im Wunderreiche der Nacht. Süße
Nacht! Ewige Liebesnacht! Alles umspannendes Land der
30 Seligkeit! Wer dich ahnend erschaut, wie könnte er ohne
Bangen je zum öden Tage zurückerwachen? Banne du das
Bangen, holder Tod! Löse du nun die Sehnenden ganz von
der Not des Erwachens! O fassungsloser Sturm der Rhyth-
men! O chromatisch empordrängendes Entzücken der meta-
35 physischen Erkenntnis! Wie sie fassen, wie sie lassen, diese
Wonne fern den Trennungsqualen des Lichts? Sanftes Sehnen ohne Trug und Bangen, hehres, leidloses Verlöschen,

überseliges Dämmern im Unermeßlichen! Du Isolde, Tristan
ich, nicht mehr Tristan, nicht mehr Isolde – – –

Plötzlich geschah etwas Erschreckendes. Die Spielende brach
ab und führte ihre Hand über die Augen, um ins Dunkel zu
spähen, und Herr Spinell wandte sich rasch auf seinem Sitze
herum. Die Tür dort hinten, die zum Korridor führte, hatte
sich geöffnet, und herein kam eine finstere Gestalt, gestützt
auf den Arm einer zweiten. Es war ein Gast von »Einfried«,
der gleichfalls nicht in der Lage gewesen war, an der Schlittenpartie teilzunehmen, sondern diese Abendstunde zu einem
seiner instinktiven und traurigen Rundgänge durch die Anstalt benutzte, es war jene Kranke, die neunzehn Kinder zur
Welt gebracht hatte und keines Gedankens mehr fähig war,
es war die Pastorin Höhlenrauch am Arme ihrer Pflegerin.
Ohne aufzublicken, durchmaß sie mit tappenden, wandern-
den Schritten den Hintergrund des Gemaches und entschwand
durch die entgegengesetzte Tür, – stumm und stier, irrwan-
delnd und unbewußt. – Es herrschte Stille.

»Das war die Pastorin Höhlenrauch«, sagte er.

»Ja, das war die arme Höhlenrauch«, sagte sie. Dann
wandte sie die Blätter und spielte den Schluß des Ganzen,
spielte Isoldens Liebestod.

Wie farblos und klar ihre Lippen waren, und wie die
Schatten in den Winkeln ihrer Augen sich vertieften! Ober-
halb der Braue, in ihrer durchsichtigen Stirn, trat angestrengt
und beunruhigend das blaßblaue Äderchen deutlicher und
deutlicher hervor. Unter ihren arbeitenden Händen vollzog
sich die unerhörte Steigerung, zerteilt von jenem beinahe
ruchlosen, plötzlichen Pianissimo, das wie ein Entgleiten des
Bodens unter den Füßen und wie ein Versinken in sublimer
Begierde ist. Der Überschwang einer ungeheuren Lösung und
Erfüllung brach herein, wiederholte sich, ein betäubendes
Brausen maßloser Befriedigung, unersättlich wieder und
wieder, formte sich zurückflutend um, schien verhauchen zu
wollen, wob noch einmal das Sehnsuchtsmotiv in seine Har-
monie, atmete aus, erstarb, verklang, entschwebte. Tiefe
Stille.

Sie horchten beide, legten die Köpfe auf die Seite und horchten.

»Das sind Schellen«, sagte sie.

»Es sind die Schlitten«, sagte er. »Ich gehe.«

Er stand auf und ging durch das Zimmer. An der Tür dort hinten machte er halt, wandte sich um und trat einen Augenblick unruhig von einem Fuß auf den anderen. Und dann begab es sich, daß er, fünfzehn oder zwanzig Schritte von ihr entfernt, auf seine Knie sank, lautlos auf beide Knie. Sein langer, schwarzer Gehrock breitete sich auf dem Boden aus. Er hielt die Hände über seinem Munde gefaltet, und seine Schultern zuckten.

Sie saß, die Hände im Schoße, vornübergelehnt, vom Klavier abgewandt, und blickte auf ihn. Ein ungewisses und bedrängtes Lächeln lag auf ihrem Gesicht, und ihre Augen spähten sinnend und so mühsam ins Halbdunkel, daß sie eine kleine Neigung zum Verschießen zeigten.

Aus weiter Ferne her näherten sich Schellenklappern, Peitschenknall und das Ineinanderklingen menschlicher Stimmen.

Die Schlittenpartie, von der lange noch alle sprachen, hatte am 26. Februar stattgefunden. Am 27., einem Tauwettertage, an dem alles sich erweichte, tropfte, plantschte, floß, ging es der Gattin Herrn Klöterjahns vortrefflich. Am 28. gab sie ein wenig Blut von sich ... oh, unbedeutend; aber es war Blut. Zu gleicher Zeit wurde sie von einer Schwäche befallen, so groß wie noch niemals, und legte sich nieder.

Doktor Leander untersuchte sie, und sein Gesicht war steinkalt dabei. Dann verordnete er, was die Wissenschaft vorschreibt: Eisstückchen, Morphium, unbedingte Ruhe. Übrigens legte er am folgenden Tage wegen Überbürdung die Behandlung nieder und übertrug sie an Doktor Müller, der sie pflicht- und kontraktgemäß in aller Sanftmut übernahm; ein stiller, blasser, unbedeutender und wehmütiger Mann, dessen bescheidene und ruhmlose Tätigkeit den beinahe Gesunden und den Hoffnungslosen gewidmet war.

Die Ansicht, der er vor allem Ausdruck gab, war die, daß die Trennung zwischen dem Klöterjahnschen Ehepaare nun schon recht lange währe. Es sei dringend wünschenswert, daß Herr Klöterjahn, wenn anders sein blühendes Geschäft es irgend gestatte, wieder einmal zu Besuch nach »Einfried« käme. Man könne ihm schreiben, ihm vielleicht ein kleines Telegramm zukommen lassen ... Und sicherlich werde es die junge Mutter beglücken und stärken, wenn er den kleinen Anton mitbrächte, abgesehen davon, daß es für die Ärzte geradezu interessant sein werde, die Bekanntschaft dieses gesunden kleinen Anton zu machen.

Und siehe, Herr Klöterjahn erschien. Er hatte Doktor Müllers kleines Telegramm erhalten und kam vom Strande der Ostsee. Er stieg aus dem Wagen, ließ sich Kaffee und Buttersemmeln geben und sah sehr verdutzt aus.

»Herr«, sagte er, »was ist? Warum ruft man mich zu ihr?«

»Weil es wünschenswert ist«, antwortete Doktor Müller, »daß Sie jetzt in der Nähe Ihrer Frau Gemahlin weilen.«

»Wünschenswert ... Wünschenswert ... Aber auch notwendig? Ich sehe auf mein Geld, mein Herr, die Zeiten sind schlecht und die Eisenbahnen sind teuer. War diese Tagesreise nicht zu umgehen? Ich wollte nichts sagen, wenn es beispielsweise die Lunge wäre; aber da es Gott sei Dank die Luftröhre ist ...«

»Herr Klöterjahn«, sagte Doktor Müller sanft, »erstens ist die Luftröhre ein wichtiges Organ ...« Er sagte unkorrekterweise »erstens«, obgleich er gar kein »zweitens« darauf folgen ließ.

Gleichzeitig aber mit Herrn Klöterjahn war eine üppige, ganz in Rot, Schottisch und Gold gehüllte Person in »Einfried« eingetroffen, und sie war es, die auf ihrem Arme Anton Klöterjahn den Jüngeren, den kleinen gesunden Anton trug. Ja, er war da, und niemand konnte leugnen, daß er in der Tat von einer exzessiven Gesundheit war. Rosig und weiß, sauber und frisch gekleidet, dick und duftig lastete er auf dem nackten, roten Arm seiner betreßten Dienerin,

36

verschlang gewaltige Mengen von Milch und gehacktem Fleisch, schrie und überließ sich in jeder Beziehung seinen Instinkten.

Vom Fenster seines Zimmers aus hatte der Schriftsteller Spinell die Ankunft des jungen Klöterjahn beobachtet. Mit einem seltsamen, verschleierten und dennoch scharfen Blick hatte er ihn ins Auge gefaßt, während er vom Wagen ins Haus getragen wurde, und war dann noch längere Zeit mit demselben Gesichtsausdruck an seinem Platze verharrt.

Von da an mied er das Zusammentreffen mit Anton Klöterjahn dem Jüngeren soweit als tunlich.

Herr Spinell saß in seinem Zimmer und »arbeitete«.

Es war ein Zimmer wie alle in »Einfried«: altmodisch, einfach und distinguiert. Die massige Kommode war mit metallenen Löwenköpfen beschlagen, der hohe Wandspiegel war keine glatte Fläche, sondern aus vielen kleinen, quadratischen, in Blei gefaßten Scherben zusammengesetzt, kein Teppich bedeckte den bläulich lackierten Estrich, in dem die steifen Beine der Meubles als klare Schatten sich fortsetzten. Ein geräumiger Schreibtisch stand in der Nähe des Fensters, vor welches der Romancier einen gelben Vorhang gezogen hatte, wahrscheinlich, um sich innerlicher zu machen.

In gelblicher Dämmerung saß er über die Platte des Sekretärs gebeugt und schrieb, – schrieb an einem jener zahlreichen Briefe, die er allwöchentlich zur Post befördern ließ, und auf die er belustigenderweise meistens gar keine Antwort erhielt. Ein großer, starker Bogen lag vor ihm, in dessen linkem oberen Winkel unter einer verzwickt gezeichneten Landschaft der Name Detlev Spinell in völlig neuartigen Lettern zu lesen war, und den er mit einer kleinen, sorgfältig gemalten und überaus reinlichen Handschrift bedeckte.

»Mein Herr!« stand dort. »Ich richte die folgenden Zeilen an Sie, weil ich nicht anders kann, weil das, was ich Ihnen zu sagen habe, mich erfüllt, mich quält und zittern macht, weil mir die Worte mit einer solchen Heftigkeit zuströmen, daß ich an ihnen ersticken würde, dürfte ich mich ihrer nicht in diesem Briefe entlasten . . .«

Der Wahrheit die Ehre zu geben, so war dies mit dem »Zuströmen« ganz einfach nicht der Fall, und Gott wußte, aus was für eitlen Gründen Herr Spinell es behauptete. Die Worte schienen ihm durchaus nicht zuzuströmen, für einen, dessen bürgerlicher Beruf das Schreiben ist, kam er jämmerlich langsam von der Stelle, und wer ihn sah, mußte zu der Anschauung gelangen, daß ein Schriftsteller ein Mann ist, dem das Schreiben schwerer fällt, als allen anderen Leuten.

Mit zwei Fingerspitzen hielt er eins der sonderbaren Flaumhärchen an seiner Wange erfaßt und drehte viertelstundenlang daran, indem er ins Leere starrte und nicht um eine Zeile vorwärtsrückte, schrieb dann ein paar zierliche Wörter und stockte aufs neue. Andererseits muß man zugeben, daß das, was schließlich zustande kam, den Eindruck der Glätte und Lebhaftigkeit erweckte, wenn es auch inhaltlich einen wunderlichen, fragwürdigen und oft sogar unverständlichen Charakter trug.

»Es ist«, so setzte der Brief sich fort, »das unabweisliche Bedürfnis, das, was ich sehe, was seit Wochen als eine unauslöschliche Vision vor meinen Augen steht, auch Sie sehen zu machen, es Sie mit meinen Augen, in derjenigen sprachlichen Beleuchtung schauen zu lassen, in der es vor meinem inneren Blicke steht. Ich bin gewohnt, diesem Drange zu weichen, der mich zwingt, in unvergeßlich und flammend richtig an ihrem Platze stehenden Worten meine Erlebnisse zu denen der Welt zu machen. Und darum hören Sie mich an.

Ich will nichts, als sagen, was war und ist, ich erzähle lediglich eine Geschichte, eine ganz kurze, unsäglich empörende Geschichte, erzähle sie ohne Kommentar, ohne Anklage und Urteil, nur mit meinen Worten. Es ist die Geschichte Gabriele Eckhofs, mein Herr, der Frau, die Sie die Ihrige nennen . . . und merken Sie wohl! Sie waren es, der sie erlebte; und dennoch bin ich es, dessen Wort sie Ihnen erst in Wahrheit zur Bedeutung eines Erlebnisses erheben wird.

Erinnern Sie sich des Gartens, mein Herr, des alten, verwu-

cherten Gartens hinter dem grauen Patrizierhause? Das grüne
Moos sproß in den Fugen der verwitterten Mauern, die seine
verträumte Wildnis umschlossen. Erinnern Sie sich auch des
Springbrunnens in seiner Mitte? Lilafarbene Lilien neigten
5 sich über sein morsches Rund, und sein weißer Strahl plauderte geheimnisvoll auf das zerklüftete Gestein hinab. Der
Sommertag neigte sich.

Sieben Jungfrauen saßen im Kreis um den Brunnen; in das
Haar der Siebenten aber, der Ersten, der Einen, schien die
10 sinkende Sonne heimlich ein schimmerndes Abzeichen der
Oberhoheit zu weben. Ihre Augen waren wie ängstliche
Träume, und dennoch lächelten ihre klaren Lippen ...

Sie sangen. Sie hielten ihre schmalen Gesichter zur Höhe
des Springstrahles emporgewandt, dorthin, wo er in müder
15 und edler Rundung sich zum Falle neigte, und ihre leisen,
hellen Stimmen umschwebten seinen schlanken Tanz. Vielleicht hielten sie ihre zarten Hände um ihre Knie gefaltet,
indes sie sangen ...

Entsinnen Sie sich des Bildes, mein Herr? Sahen Sie es? Sie
20 sahen es nicht. Ihre Augen waren nicht geschaffen dafür, und
Ihre Ohren nicht, die keusche Süßigkeit seiner Melodie zu
vernehmen. Sahen Sie es? – Sie durften nicht wagen, zu
atmen, Sie mußten Ihrem Herzen zu schlagen verwehren. Sie
mußten gehen, zurück ins Leben, in Ihr Leben, und für den
25 Rest Ihres Erdendaseins das Geschaute als ein unantastbares
und unverletzliches Heiligtum in Ihrer Seele bewahren. Was
aber taten Sie?

Dies Bild war ein Ende, mein Herr; mußten Sie kommen
und es zerstören, um ihm eine Fortsetzung der Gemeinheit
30 und des häßlichen Leidens zu geben? Es war eine rührende
und friedevolle Apotheose, getaucht in die abendliche Verklärung des Verfalles, der Auflösung und des Verlöschens.
Ein altes Geschlecht, zu müde bereits und zu edel zur Tat und
zum Leben, steht am Ende seiner Tage, und seine letzten
35 Äußerungen sind Laute der Kunst, ein paar Geigentöne, voll
von der wissenden Wehmut der Sterbensreife ... Sahen Sie
die Augen, denen diese Töne Tränen entlockten? Vielleicht,

daß die Seelen der sechs Gespielinnen dem Leben gehörten; diejenige aber ihrer schwesterlichen Herrin gehörte der Schönheit und dem Tode.

Sie sahen sie, diese Todesschönheit: sahen sie an, um ihrer zu begehren. Nichts von Ehrfurcht, nichts von Scheu berührte Ihr Herz gegenüber ihrer rührenden Heiligkeit. Es genügte Ihnen nicht, zu schauen; Sie mußten besitzen, ausnützen, entweihen ... Wie fein Sie Ihre Wahl trafen! Sie sind ein Gourmand, mein Herr, ein plebejischer Gourmand, ein Bauer mit Geschmack.

Ich bitte Sie, zu bemerken, daß ich keineswegs den Wunsch hege, Sie zu kränken. Was ich sage, ist kein Schimpf, sondern die Formel, die einfache psychologische Formel für Ihre einfache, literarisch gänzlich uninteressante Persönlichkeit, und ich spreche sie aus, nur weil es mich treibt, Ihnen Ihr eigenes Tun und Wesen ein wenig zu erhellen, weil es auf Erden mein unausweichlicher Beruf ist, die Dinge bei Namen zu nennen, sie reden zu machen, und das Unbewußte zu durchleuchten. Die Welt ist voll von dem, was ich den ›unbewußten Typus‹ nenne; und ich ertrage sie nicht, alle diese unbewußten Typen! Ich ertrage es nicht, all dies dumpfe, unwissende und erkenntnislose Leben und Handeln, diese Welt von aufreizender Naivität um mich her! Es treibt mich mit qualvoller Unwiderstehlichkeit, alles Sein in der Runde – soweit meine Kräfte reichen – zu erläutern, auszusprechen und zum Bewußtsein zu bringen, – unbekümmert darum, ob dies eine fördernde oder hemmende Wirkung nach sich zieht, ob es Trost und Linderung bringt oder Schmerz zufügt.

Sie sind, mein Herr, wie ich sagte, ein plebejischer Gourmand, ein Bauer mit Geschmack. Eigentlich von plumper Konstitution und auf einer äußerst niedrigen Entwicklungsstufe befindlich, sind Sie durch Reichtum und sitzende Lebensweise zu einer plötzlichen, unhistorischen und barbarischen Korruption des Nervensystems gelangt, die eine gewisse lüsterne Verfeinerung des Genußbedürfnisses nach sich zieht. Wohl möglich, daß die Muskeln Ihres Schlundes in eine schmatzende Bewegung gerieten, wie angesichts einer köstli-

chen Suppe oder seltenen Platte, als Sie beschlossen, Gabriele
Eckhof zu eigen zu nehmen ...

In der Tat, Sie lenken ihren verträumten Willen in die Irre,
Sie führen sie aus dem verwucherten Garten in das Leben und
5 in die Häßlichkeit, Sie geben ihr Ihren ordinären Namen und
machen sie zum Eheweibe, zur Hausfrau, machen sie zur
Mutter. Sie erniedrigen die müde, scheue und in erhabener
Unbrauchbarkeit blühende Schönheit des Todes in den Dienst
des gemeinen Alltags und jenes blöden, ungefügen und ver-
10 ächtlichen Götzen, den man die Natur nennt, und nicht eine
Ahnung von der tiefen Niedertracht dieses Beginnens regt
sich in Ihrem bäuerischen Gewissen.

Nochmals: Was geschieht? Sie, mit den Augen, die wie
ängstliche Träume sind, schenkt Ihnen ein Kind; sie gibt die-
15 sem Wesen, das eine Fortsetzung der niedrigen Existenz seines Erzeugers ist, alles mit, was sie an Blut und Lebensmög-
lichkeit besitzt, und stirbt. Sie stirbt, mein Herr! Und wenn
sie nicht in Gemeinheit dahinfährt, wenn sie dennoch zuletzt
sich aus den Tiefen ihrer Erniedrigung erhob und stolz und
20 selig unter dem tödlichen Kusse der Schönheit vergeht, so ist
das *meine* Sorge gewesen. Die Ihrige war es wohl unterdessen, sich auf verschwiegenen Korridoren mit Stubenmädchen
die Zeit zu verkürzen.

Ihr Kind aber, Gabriele Eckhofs Sohn, gedeiht, lebt und
25 triumphiert. Vielleicht wird er das Leben seines Vaters fort-
führen, ein handeltreibender, Steuern zahlender und gut spei-
sender Bürger werden; vielleicht ein Soldat oder Beamter,
eine unwissende und tüchtige Stütze des Staates; in jedem
Falle ein amusisches, normal funktionierendes Geschöpf, skru-
30 pellos und zuversichtlich, stark und dumm.

Nehmen Sie das Geständnis, mein Herr, daß ich Sie hasse,
Sie und Ihr Kind, wie ich das Leben selbst hasse, das gemeine,
das lächerliche und dennoch triumphierende Leben, das Sie
darstellen, den ewigen Gegensatz und Todfeind der Schön-
35 heit. Ich darf nicht sagen, daß ich Sie verachte. Ich kann es
nicht. Ich bin ehrlich. Sie sind der Stärkere. Ich habe Ihnen
im Kampfe nur Eines entgegenzustellen, das erhabene Ge-

waffen und Rachewerkzeug der Schwachen: Geist und Wort.
Heute habe ich mich seiner bedient. Denn dieser Brief – auch
darin bin ich ehrlich, mein Herr – ist nichts als ein Racheakt,
und ist nur ein einziges Wort darin scharf, glänzend und schön
genug, Sie betroffen zu machen, Sie eine fremde Macht spü-
ren zu lassen, Ihren robusten Gleichmut einen Augenblick ins
Wanken zu bringen, so will ich frohlocken.

Detlev Spinell.«

Und dieses Schriftstück kuvertierte und frankierte Herr
Spinell, versah es mit einer zierlichen Adresse und überlie-
ferte es der Post.

Herr Klöterjahn pochte an Herrn Spinells Stubentür; er hielt
einen großen, reinlich beschriebenen Bogen in der Hand und
sah aus wie ein Mann, der entschlossen ist, energisch vorzu-
gehen. Die Post hatte ihre Pflicht getan, der Brief war seinen
Weg gegangen; er hatte die wunderliche Reise von »Einfried«
nach »Einfried« gemacht und war richtig in die Hände des
Adressaten gelangt. Es war vier Uhr am Nachmittage.

Als Herr Klöterjahn eintrat, saß Herr Spinell auf dem
Sofa und las in seinem eigenen Roman mit der verwirrenden
Umschlagzeichnung. Er stand auf und sah den Besucher
überrascht und fragend an, obgleich er deutlich errötete.

»Guten Tag«, sagte Herr Klöterjahn. »Entschuldigen Sie,
daß ich Sie in Ihren Beschäftigungen störe. Aber darf ich fragen, ob Sie dies geschrieben haben?« Damit hielt er den großen, reinlich beschriebenen Bogen mit der linken Hand empor
und schlug mit dem Rücken der Rechten darauf, so daß es
heftig knisterte. Hierauf schob er die Rechte in die Tasche
seines weiten, bequemen Beinkleides, legte den Kopf auf die
Seite und öffnete, wie manche Leute pflegen, den Mund zum
Horchen.

Sonderbarerweise lächelte Herr Spinell; er lächelte zuvor-
kommend, ein wenig verwirrt und halb entschuldigend, führte
die Hand zum Kopfe, als besänne er sich und sagte:

»Ah, richtig . . . ja . . . ich erlaubte mir . . .«

42

Die Sache war die, daß er sich heute gegeben hatte, wie er war, und bis gegen Mittag geschlafen hatte. Infolge hiervon litt er an schlimmem Gewissen und blödem Kopfe, fühlte er sich nervös und wenig widerstandsfähig. Hinzu kam, daß die Frühlingsluft, die eingetreten war, ihn matt und zur Verzweiflung geneigt machte. Dies alles muß erwähnt werden als Erklärung dafür, daß er sich während dieser Szene so äußerst albern benahm.

»So! Aha! Schön!« sagte Herr Klöterjahn, indem er das Kinn auf die Brust drückte, die Brauen emporzog, die Arme reckte und eine Menge ähnlicher Anstalten traf, nach Erledigung dieser Formfrage ohne Erbarmen zur Sache zu kommen. Aus Freude an seiner Person ging er ein wenig zu weit in diesen Anstalten; was schließlich erfolgte, entsprach nicht völlig der drohenden Umständlichkeit dieser mimischen Vorbereitungen. Aber Herr Spinell war ziemlich bleich.

»Sehr schön!« wiederholte Herr Klöterjahn. »Dann lassen Sie sich die Antwort mündlich geben, mein Lieber, und zwar in Anbetracht des Umstandes, daß ich es für blödsinnig halte, jemandem, den man stündlich sprechen kann, seitenlange Briefe zu schreiben ...«

»Nun ... blödsinnig ...« sagte Herr Spinell lächelnd, entschuldigend und beinahe demütig ...

»Blödsinnig!« wiederholte Herr Klöterjahn und schüttelte heftig den Kopf, um zu zeigen, wie unangreifbar sicher er seiner Sache sei. »Und ich würde dies Geschreibsel nicht eines Wortes würdigen, es wäre mir, offen gestanden, ganz einfach als Butterbrotpapier zu schlecht, wenn es mich nicht über gewisse Dinge aufklärte, die ich bis dahin nicht begriff, gewisse Veränderungen ... Übrigens geht Sie das nichts an und gehört nicht zur Sache. Ich bin ein tätiger Mann, ich habe Besseres zu bedenken, als Ihre unaussprechlichen Visionen ...«

»Ich habe ›unauslöschliche Vision‹ geschrieben«, sagte Herr Spinell und richtete sich auf. Es war der einzige Moment dieses Auftrittes, in dem er ein wenig Würde an den Tag legte.

»Unauslöschlich ... unaussprechlich ...!« entgegnete Herr Klöterjahn und blickte ins Manuskript. »Sie schreiben eine

Hand, die miserabel ist, mein Lieber; ich möchte Sie nicht in meinem Kontor beschäftigen. Auf den ersten Blick scheint es ganz sauber, aber bei Licht besehen ist es voller Lücken und Zittrigkeiten. Aber das ist Ihre Sache und geht mich nichts an. Ich bin gekommen, um Ihnen zu sagen, daß Sie erstens ein Hanswurst sind, – nun, das ist Ihnen hoffentlich bekannt. Außerdem aber sind Sie ein großer Feigling, und auch das brauche ich Ihnen wohl nicht ausführlich zu beweisen. Meine Frau hat mir einmal geschrieben, Sie sähen den Weibspersonen, denen Sie begegnen, nicht ins Gesicht, sondern schielten nur so hin, um eine schöne Ahnung davonzutragen, aus Angst vor der Wirklichkeit. Leider hat sie später aufgehört, in ihren Briefen von Ihnen zu erzählen; sonst wüßte ich noch mehr Geschichten von Ihnen. Aber so sind Sie. ›Schönheit‹ ist Ihr drittes Wort, aber im Grunde ist es nichts als Bangebüchsigkeit und Duckmäuserei und Neid, und daher wohl auch Ihre unverschämte Bemerkung von den ›verschwiegenen Korridoren‹, die mich wahrscheinlich so recht durchbohren sollte und mir doch bloß Spaß gemacht hat, Spaß hat sie mir gemacht! Aber wissen Sie nun Bescheid? Habe ich Ihnen Ihr ... Ihr ›Tun und Wesen‹ nun ›ein wenig erhellt‹, Sie Jammermensch? Obgleich es nicht mein ›unausbleiblicher Beruf‹ ist, hö, hö! ...«

»Ich habe ›unausweichlicher Beruf‹ geschrieben«, sagte Herr Spinell; aber er gab es gleich wieder auf. Er stand da, hilflos und abgekanzelt, wie ein großer, kläglicher, grauhaariger Schuljunge.

»Unausweichlich ... unausbleiblich ... Ein niederträchtiger Feigling sind Sie, sage ich Ihnen. Täglich sehen Sie mich bei Tische. Sie grüßen mich und lächeln, Sie reichen mir Schüsseln und lächeln, Sie wünschen mir gesegnete Mahlzeit und lächeln. Und eines Tages schicken Sie mir solch einen Wisch voll blödsinniger Injurien auf den Hals. Hö, ja, schriftlich haben Sie Mut! Und wenn es bloß dieser lachhafte Brief wäre. Aber Sie haben gegen mich intrigiert, hinter meinem Rücken gegen mich intrigiert, ich begreife es jetzt sehr wohl ... obgleich Sie sich nicht einzubilden brauchen, daß es Ihnen etwas genützt

hat! Wenn Sie sich etwa der Hoffnung hingeben, meiner
Frau Grillen in den Kopf gesetzt zu haben, so befinden Sie
sich auf dem Holzwege, mein wertgeschätzter Herr, dazu ist
sie ein zu vernünftiger Mensch! Oder wenn Sie am Ende
gar glauben, daß sie mich irgendwie anders als sonst empfangen hat, mich und das Kind, als wir kamen, so setzen Sie
Ihrer Abgeschmacktheit die Krone auf! Wenn sie dem Kleinen keinen Kuß gegeben hat, so geschah es aus Vorsicht, weil
neuerdings die Hypothese aufgetaucht ist, daß es nicht die
Luftröhre, sondern die Lunge ist und man in diesem Falle
nicht wissen kann ... obgleich es übrigens noch sehr zu beweisen ist, das mit der Lunge, und Sie mit Ihrem ›sie stirbt,
mein Herr!‹ Sie sind ein Esel!«

Hier suchte Herr Klöterjahn seine Atmung ein wenig zu
regeln. Er war nun sehr in Zorn geraten, stach beständig mit
dem rechten Zeigefinger in die Luft und richtete das Manuskript in seiner Linken aufs übelste zu. Sein Gesicht, zwischen
dem blonden englischen Backenbart, war furchtbar rot, und
seine umwölkte Stirn war von geschwollenen Adern zerrissen
wie von Zornesblitzen.

»Sie hassen mich«, fuhr er fort, »und Sie würden mich ver-
achten, wenn ich nicht der Stärkere wäre ... Ja, das bin ich,
zum Teufel, ich habe das Herz auf dem rechten Fleck, während Sie das Ihre wohl meistens in den Hosen haben, und
ich würde Sie in die Pfanne hauen mitsamt Ihrem ›Geist und
Wort‹, Sie hinterlistiger Idiot, wenn das nicht verboten wäre.
Aber damit ist nicht gesagt, mein Lieber, daß ich mir Ihre
Invektiven so ohne weiteres gefallen lasse, und wenn ich das
mit dem ›ordinären Namen‹ zu Haus meinem Anwalt zeige,
so wollen wir sehen, ob Sie nicht Ihr blaues Wunder erleben.
Mein Name ist gut, mein Herr, und zwar durch mein Ver-
dienst. Ob Ihnen jemand auf den Ihren auch nur einen Silber-
groschen borgt, diese Frage mögen Sie sich selbst erörtern,
Sie hergelaufener Bummler! Gegen Sie muß man gesetzlich
vorgehen! Sie sind gemeingefährlich! Sie machen die Leute
verrückt! ... Obgleich Sie sich nicht einzubilden brauchen,
daß es Ihnen diesmal gelungen ist, Sie heimtückischer Patron!

Von Individuen, wie Sie eins sind, lasse ich mich denn doch nicht aus dem Felde schlagen. Ich habe das Herz auf dem rechten Fleck . . .«

Herr Klöterjahn war nun wirklich äußerst erregt. Er schrie und sagte wiederholt, daß er das Herz auf dem rechten Flecke habe.

»›Sie sangen‹. Punkt. Sie sangen gar nicht! Sie strickten. Außerdem sprachen sie, soviel ich verstanden habe, von einem Rezept für Kartoffelpuffer, und wenn ich das mit dem ›Verfall‹ und der ›Auflösung‹ meinem Schwiegervater sage, so belangt er Sie gleichfalls von Rechts wegen, da können Sie sicher sein! . . . ›Sahen Sie das Bild, sahen Sie es?‹ Natürlich sah ich es, aber ich begreife nicht, warum ich deshalb den Atem anhalten und davonlaufen sollte. Ich schiele den Weibern nicht am Gesicht vorbei, ich sehe sie mir an, und wenn sie mir gefallen, und wenn sie mich wollen, so nehme ich sie mir. Ich habe das Herz auf dem rechten Fl . . .«

Es pochte. — Es pochte gleich neun- oder zehnmal ganz rasch hintereinander an die Stubentür, ein kleiner, heftiger, ängstlicher Wirbel, der Herrn Klöterjahn verstummen machte, und eine Stimme, die gar keinen Halt hatte, sondern vor Bedrängnis fortwährend aus den Fugen ging, sagte in größter Hast:

»Herr Klöterjahn, Herr Klöterjahn, ach, ist Herr Klöterjahn da?«

»Draußen bleiben«, sagte Herr Klöterjahn unwirsch . . . »Was ist. Ich habe hier zu reden.«

»Herr Klöterjahn«, sagte die schwankende und sich brechende Stimme, »Sie müssen kommen . . . auch die Ärzte sind da . . . oh, es ist so entsetzlich traurig . . .«

Da war er mit einem Schritt an der Tür und riß sie auf. Die Rätin Spatz stand draußen. Sie hielt ihr Schnupftuch vor den Mund, und große, längliche Tränen rollten paarweise in dieses Tuch hinein.

»Herr Klöterjahn«, brachte sie hervor . . . »es ist so entsetzlich traurig . . . Sie hat so viel Blut aufgebracht, so fürchterlich viel . . . Sie saß ganz ruhig im Bette und summte ein

46

Stückchen Musik vor sich hin, und da kam es, lieber Gott, so übermäßig viel ...«

»Ist sie tot?!« schrie Herr Klöterjahn ... Dabei packte er die Rätin am Oberarm und zog sie auf der Schwelle hin und her. »Nein, nicht ganz, wie? Noch nicht ganz, sie kann mich noch sehen ... Hat sie wieder ein bißchen Blut aufgebracht? Aus der Lunge, wie? Ich gebe zu, daß es vielleicht aus der Lunge kommt ... Gabriele!« sagte er plötzlich, indem die Augen ihm übergingen, und man sah, wie ein warmes, gutes, menschliches und redliches Gefühl aus ihm hervorbrach. »Ja, ich komme!« sagte er und mit langen Schritten schleppte er die Rätin aus dem Zimmer hinaus und über den Korridor davon. Von einem entlegenen Teile des Wandelganges her vernahm man noch immer sein rasch sich entfernendes »Nicht ganz, wie? ... Aus der Lunge, was? ...«

Herr Spinell stand auf dem Fleck, wo er während Herrn Klöterjahns so jäh unterbrochener Visite gestanden hatte und blickte auf die offene Tür. Endlich tat er ein paar Schritte vorwärts und horchte ins Weite. Aber alles war still, und so schloß er die Tür und kehrte ins Zimmer zurück.

Eine Weile betrachtete er sich im Spiegel, hierauf ging er zum Schreibtisch, holte ein kleines Flakon und ein Gläschen aus einem Fache hervor und nahm einen Kognak zu sich, was kein Mensch ihm verdenken konnte. Dann streckte er sich auf dem Sofa aus und schloß die Augen.

Die obere Klappe des Fensters stand offen. Draußen im Garten von »Einfried« zwitscherten die Vögel, und in diesen kleinen, zarten und kecken Lauten lag fein und durchdringend der ganze Frühling ausgedrückt. Einmal sagte Herr Spinell leise vor sich hin: »Unausbleiblicher Beruf ...« Dann bewegte er den Kopf hin und her und zog die Luft durch die Zähne ein, wie bei einem heftigen Nervenschmerz.

Es war unmöglich, zur Ruhe und Sammlung zu gelangen. Man ist nicht geschaffen für so plumpe Erlebnisse wie dieses da! – Durch einen seelischen Vorgang, dessen Analyse zu weit führen würde, gelangte Herr Spinell zu dem Entschlusse, sich zu erheben und sich ein wenig Bewegung zu machen, sich ein wenig im Freien zu ergehen. So nahm er den Hut und verließ das Zimmer.

Als er aus dem Hause trat und die milde, würzige Luft ihn umfing, wandte er das Haupt und ließ seine Augen langsam an dem Gebäude empor bis zu einem der Fenster gleiten, einem verhängten Fenster, an dem sein Blick eine Weile ernst, fest und dunkel haftete. Dann legte er die Hände auf den Rücken und schritt über die Kieswege dahin. Er schritt in tiefem Sinnen.

Noch waren die Beete mit Matten bedeckt, und Bäume und Sträucher waren noch nackt; aber der Schnee war fort, und die Wege zeigten nur hier und da noch feuchte Spuren. Der weite Garten mit seinen Grotten, Laubengängen und kleinen Pavillons lag in prächtig farbiger Nachmittagsbeleuchtung, mit kräftigen Schatten und sattem, goldigem Licht, und das dunkle Geäst der Bäume stand scharf und zart gegliedert gegen den hellen Himmel.

Es war um die Stunde, da die Sonne Gestalt annimmt, da die formlose Lichtmasse zur sichtbar sinkenden Scheibe wird, deren sattere, mildere Glut das Auge duldet. Herr Spinell sah die Sonne nicht; sein Weg führte ihn so, daß sie ihm verdeckt und verborgen war. Er ging gesenkten Hauptes und summte ein Stückchen Musik vor sich hin, ein kurzes Gebild, eine bang und klagend aufwärtssteigende Figur, das Sehnsuchtsmotiv... Plötzlich aber, mit einem Ruck, einem kurzen, krampfhaften Aufatmen, blieb er gefesselt stehen, und unter heftig zusammengezogenen Brauen starrten seine erweiterten Augen mit dem Ausdruck entsetzter Abwehr geradeaus...

Der Weg wandte sich; er führte der sinkenden Sonne entgegen. Durchzogen von zwei schmalen, erleuchteten Wolkenstreifen mit vergoldeten Rändern, stand sie groß und schräg am Himmel, setzte die Wipfel der Bäume in Glut und goß ihren gelbrötlichen Glanz über den Garten hin. Und inmitten dieser goldigen Verklärung, die gewaltige Gloriole der Sonnenscheibe zu Häupten, stand hochaufgerichtet im Wege eine üppige, ganz in Rot, Gold und Schottisch gekleidete Person, die ihre Rechte in die schwellende Hüfte stemmte und mit der Linken ein grazil geformtes Wägelchen leicht vor sich hin und her bewegte. In diesem Wägelchen aber saß das Kind, saß Anton Klöterjahn der Jüngere, saß Gabriele Eckhofs dicker Sohn!

Er saß, bekleidet mit einer weißen Flausjacke und einem großen weißen Hut, pausbäckig, prächtig und wohlgeraten in den Kissen, und sein Blick begegnete lustig und unbeirrbar demjenigen Herrn Spinells. Der Romancier war im Begriffe, sich aufzuraffen, er war ein Mann, er hätte die Kraft besessen, an dieser unerwarteten, in Glanz getauchten Erscheinung vorüberzuschreiten und seinen Spaziergang fortzusetzen. Da aber geschah das Gräßliche, daß Anton Klöterjahn zu lachen und zu jubeln begann, er kreischte vor unerklärlicher Lust, es konnte einem unheimlich zu Sinne werden.

Gott weiß, was ihn anfocht, ob die schwarze Gestalt ihm gegenüber ihn in diese wilde Heiterkeit versetzte oder was für ein Anfall von animalischem Wohlbefinden ihn packte. Er hielt in der einen Hand einen knöchernen Beißring und in der anderen eine blecherne Klapperbüchse. Diese beiden Gegenstände reckte er jauchzend in den Sonnenschein empor, schüttelte sie und schlug sie zusammen, als wollte er jemand spottend verscheuchen. Seine Augen waren beinahe geschlossen vor Vergnügen, und sein Mund war so klaffend aufgerissen, daß man seinen ganzen rosigen Gaumen sah. Er warf sogar seinen Kopf hin und her, indes er jauchzte.

Da machte Herr Spinell kehrt und ging von dannen. Er ging, gefolgt von dem Jubilieren des kleinen Klöterjahn, mit einer gewissen behutsamen und steif-graziösen Armhaltung über den Kies, mit den gewaltsam zögernden Schritten jemandes, der verbergen will, daß er innerlich davonläuft.

THOMAS MANN

I

Als Thomas Mann 1900 seinen ersten großen Roman *Buddenbrooks* veröffentlichte, jenen Roman, der seinen deutschen und europäischen Ruhm begründete, lagen von ihm nur ein paar kleine Kurz-Novellen, Erzählungen, Skizzen vor, die unter dem Titel der melancholischen Hauptgeschichte *Der kleine Herr Friedemann* gedruckt waren. Man muß sich einer merkwürdigen Tatsache erinnern, um Thomas Manns Erfolg zu verstehen und zu würdigen: die großen Leistungen der deutschen dichterischen Prosa manifestierten sich in Goethes Romanen und in Kellers *Grünem Heinrich*, alle diese Dichtungen, was nicht unwichtig ist, mit starker pädagogischer, lebenserziehender Tendenz. Was uns heute aus der Distanz als großes dichterisches Prosaerbe des neunzehnten Jahrhunderts noch erscheint: Stifters Epik und Otto Ludwigs Meisterroman *Zwischen Himmel und Erde* wurden erst viel später in ihrem hohen Werte erkannt. Das deutsche Bürgertum las zu Ende des neunzehnten Jahrhunderts noch die Tendenz-Romane des liberalisierenden Spielhagen und die Gattung der historischen Romane, als deren bedeutendster seit langem Scheffels *Ekkehard* in Millionen-Auflage verbreitet war. Aber weder Goethes *Wilhelm Meister* noch Kellers Roman haben europäische Geltung erlangt, etwa in dem Sinne, daß draußen in den andren Ländern diese Romane vom dortigen breiten Bürgertum als Darstellungen der eigenen Seelenwelt gelesen oder anerkannt wurden. Noch nach dem Ersten Weltkriege scheiterte der Versuch eines französischen Verlages, den *Grünen Heinrich* in Frankreich populär zu machen. Und nun kam um die Jahrhundertwende Thomas Manns Dichtung

51

Buddenbrooks, in der Geschichte des deutschen Romans von revolutionärer Bedeutung.

II

Thomas Mann hatte, als er die *Buddenbrooks* veröffentlichte, eine Jugend hinter sich, die man als typisch für den Lebenslauf des Literaten – dieses Wort ohne jede kritische Abwertung gemeint – ansehen kann: tastend in der Berufswahl war der Sohn einer wohlhabenden hanseatischen Familie, die ihren Ursprung im Mannesstamm auf das fränkische Nordbayern zurückführen kann, schließlich in die Literatur gekommen. Nach dem Tode des vermögenden Senators Mann, des Vaters des Dichters, war die Mutter von Lübeck nach München gezogen, in die Stadt, die ein Menschenalter hindurch die Bleibe unsres Dichters werden sollte. Hierher kam Thomas Mann 1893, der Mutter folgend. Auf dem Tastwege zu Beruf und Berufung trat er zunächst als Volontär in eine Versicherungsgesellschaft ein. Das war nicht die richtige Basis für den werdenden Dichter. Die Mittel, die er vom Vater ererbt hatte, erlaubten es ihm, sich seine Zukunft nach seinem Wunschbilde vorzubereiten. Er zog nach Rom, wo zuvor schon sein dem Buchhändler-Beruf entronnener Bruder Heinrich gelandet war. In der italienischen Hauptstadt verbrachte der junge Thomas Mann viel Zeit mit Lesen und Schreiben. Hier las und erlebte er jene Großen der Weltliteratur, die seine Ahnherren werden sollten: Die Russen Turgenjew, Tolstoi, Gontscharow, von diesem den einst als Sensation aufgenommenen, heute fast vergessenen Roman *Oblomow*, daneben auch die damals bekannten Skandinavier, wie Kielland und Jonas Lie sowie Jacobsen; vermutlich auch den großen Hamsun, dessen unbestechliche Beobachtungsgabe und ironische Souveränität er in der deutschen Literatur noch bis zur Virtuosität steigern und verfeinern sollte. Während Thomas Mann solche Tage in Rom verbrachte, war er bereits ein mehrfach »gedruckter Autor«. Die herrschende Literaturzeitschrift *»Die Gesellschaft«*, von Michael Georg Conrad herausgegeben, hatte eine Kurzgeschichte *Gefallen* veröffentlicht, auf die ein damals schon berühmter Dichter als Leser spontan mit einem ermunternden Glückwunschbriefe reagierte: Richard Dehmel. Auch Gedichte waren von Mann geschrieben, sehr spärlich an der Zahl, und eines sogar gedruckt. Aber Thomas Mann wurde kein Lyriker, kein Verseschreiber, also nicht das, was der Franzose *poète* nennt, im Gegensatz zum *écrivain*, als den man Thomas Mann benennen könnte, als Schriftsteller, wenn nicht diese Trennung und Gruppierung in Deutschland etwas Schulmeisterlich-Pedantisches und zu Unrecht Abschätziges mit sich schleppte und dem oberflächlichen Leser einen Wertmaßstab reichen würde, wo sinngemäß nur eine Art bezeichnet werden sollte, die Art des denkenden, des mit hoher Verantwortung des Geistes bewußt arbeitenden und schreibenden Dichters. Der fünfundzwanzigjährige Thomas Mann kam von Rom nach München als *Schriftsteller* zurück, um hier sein Einjährigen-Jahr beim Leibregiment abzudienen. Er brachte aus Rom das unheimlich umfangreiche, gegen alle Konvention schon durch eben den Umfang opponierende Manuskript des Romans *Buddenbrooks* mit. Zu seinen Lehrern und Ahnherren waren zwei aus der Nachbarwelt der Dichtung hinzugetreten: Schopenhauer, der Philosoph des Pessimismus, dazu Wagner, der Musiker, von dem er eines der reizvollsten Stilmittel aus der Musik in die Dichtung transponierte: das Leitmotiv. Während Thomas Mann als Kranker im Revier seiner Kaserne lag, entschloß sich der Verleger S. Fischer zu dem Wagnis, den großen Roman zu verlegen. Nahezu tausend Seiten, es war ein verlegerisches Wagnis! Zur Jahrhundertwende kommt der Roman auf den Büchermarkt. Ein Untergangsroman, wie er klischeehaft bei seinem Erscheinen genannt wurde. Aber der Dichter will nicht warnen, er schreibt nicht pädagogisch einen Entwicklungsroman, er will auch nicht predigen oder dozieren, wie er es später unter dem Einfluß persönlicher Erfahrung und aus der Verantwortung für Menschlichkeit und Kultur heraus tat, er will in diesem Roman nur darstellen, was er sieht, nachdenklich darstellen, und schildert so den

Untergang einer bürgerlichen Patrizierfamilie, das Aufgehen im Nicht-mehr-sein-Können, wenn man heute den Roman genauer und mit den Erfahrungen der letzten und lebenden Generation liest, den Untergang der Bürger-Kultur, den Zusammenbruch einer untergangsreifen Lebensform. Und auch darin wird der Roman historisches Ereignis der deutschen Literatur, daß mit ihm zum ersten Male ein deutscher Roman bei den Zeitgenossen europäische Geltung erlangte. Der Dichter selbst hat einmal in allzu großer Selbstbescheidenheit und zugleich mit einem gewissen Stolze Abstriche an dieser europäischen Geltung seines Romans gemacht, indem er sagte: »Der Roman ist deutsch, vor allem im formalen Sinn, wobei ich mit dem Formalen etwas anderes meine, als die eigentlich literarischen Einflüsse und Nährquellen.« Er meint von dem Werke: »Es ist geworden, nicht gemacht, gewachsen, nicht geformt, und eben dadurch unübersetzbar deutsch... eben dadurch hat es die organische Fülle, die das typisch französische Buch nicht hat. Es ist kein ebenmäßiges Kunstwerk, sondern Leben. Es ist, um die freilich sehr anspruchsvolle kunst- und kulturgeschichtliche Formel anzuwenden, *Gotik*, nicht Renaissance... das alles aber hindert freilich nicht, daß eine vollkommen-europäisch-literarische Luft darin weht – es ist für Deutschland der vielleicht erste und einzige naturalistische Roman und auch als solcher, schon als solcher von künstlerisch internationaler Verfassung, europäisierender Haltung, trotz des Deutschtums seiner Menschlichkeit.« Bei aller Abgrenzung der Wesensart dieses Romans durch den Dichter: der Roman ist nicht mehr der deutschen Roman-Tradition verhaftet, insofern er vom pädagogisch-entwicklungsgeschichtlichen des *Wilhelm Meister* und des *Grünen Heinrich* weitergeht und den Stoff in die Bezirke der reinen betrachtenden Darstellung erhebt. Die *Buddenbrooks* werden von der Kritik und den Lesern des übrigen Europa als Stoff und Problem des europäischen Geisteslebens der Zeit anerkannt, als Symbol dessen, was in der Seele der Zeit geschah: Herbst, Winter und schließlich Untergang einer Bürger-Kultur. Der Roman sollte später die für eine dichterische

Leistung in Deutschland märchenhafte hohe Auflage von über eine Million erleben und damit zur meistgelesenen Prosadichtung der neueren deutschen Literatur werden, und sein Autor sollte für diesen Roman 1929 die höchste literarische Welt-Ehrung, den Nobelpreis, erhalten. Man spürt noch heute wie am ersten Tage, da der Roman erschien, jene Wesenheiten, die Thomas Mann uns betont einen deutschen Dichter nennen lassen: sein Deutschtum liegt nicht nur in der bald brennenden, strafenden, bald schmerzlich-süßen Liebe zu den Menschen seiner Dichtung, es liegt auch in dem seelischen Material des Dichters, und dieses innige, oft autobiographische Verhältnis des Dichters zu seinen Gestaltungen wird vor Ungerechtigkeit und Banalität bewahrt durch das verhaltene gemäßigte Temperament eines Menschen von abendländischer Kultur, deren große und wesentliche Erscheinungen er in sich aufgenommen hat: Nietzsche, der große Kritiker und Psychologe, Wagner, der repräsentative Musiker der Epoche, und Schopenhauer, der mißtrauischgroße Erkenner der Fragwürdigkeit des Daseins, werden seine Geleiter. Aber er ist nicht der bequem-übernehmende Epigone, sondern formt und bildet Erlebnisse und Eindrücke zu einer neuen dichterischen Wirklichkeit um, die dennoch als *unsere* Wirklichkeit von uns empfangen wird. Diese Umformungen sind nicht, wie philiströse Beurteiler gegen ihn gelegentlich eingewendet haben, sensationelle Enthüllungen persönlichster Erfahrungen, vielmehr wurden sie als freilich immer höchst subjektive Bekenntnisse zu Beseelungen einer erlebten Wirklichkeit.

Alle die Dichter, die durch seine Werke ziehen, Tonio Kröger, Detlev Spinell, Martini, Aschenbach, sind in die Kunst übersetzte Erscheinungen ihres Schöpfers, und es ist für den hohen Kunsternst und die Würde Thomas Manns bezeichnend, wie schwer diese Dichter die Wirklichkeit nehmen.

III

Thomas Mann liebt diese Wirklichkeit.

In exaktester Beobachtung holt er aus dieser Wirklichkeit das Symbolische heraus, und es erscheint ihm als eine besondere Mission, ja vielleicht als Freude, dabei die Wirklichkeit, das Leben, den Alltag abzuwägen gegen jene Luft des Künstlertums, die mit geiniger Eitelkeit oder Schwäche oder Blasiertheit an das Leben höhere Wertansprüche stellt. Mann entscheidet sich für die Wirklichkeit, für das Leben, für das Gesunde, das Blonde, das Frische, das Unliterarische, wenn er auch die tragische Last des Künstlers ahnt, das Beste der Wirklichkeit entbehren zu müssen. Wie betont stellt er gegen die Schwäche des Dichters die sorglose Unbeschwertheit und appetitliche Frische junger Lebenskünstler und -bejaher hin! Die melancholische Süße, worin der abseits vom Bürger stehende Dichter lebt und mit der er aus der Wirklichkeit immer stärker in die Unwirklichkeit hinabgleitet, diese Einsamkeit des Schaffenden hat in Thomas Manns Dichtung wunderbare Gestaltung erfahren. Die Süße wird verstärkt bis zur Stimmung des Todes, in die sein Dichter Gustav Aschenbach sanft versinkt. Mann selbst bleibt beharrlich in der Bürgerlichkeit und schrieb auch die Idyllen dieses bürgerlichen Daseins *(Herr und Hund, Gesang vom Kindchen, Unordnung und frühes Leid)*.

Thomas Mann müßte nicht der feinste und klügste Darsteller der Wirklichkeit unter den Romandichtern von heute sein, um nicht zu wissen, daß das Gesunde, diese helle Wirklichkeit erst Farbe und Physiognomie erhält durch den Kontrast des Krankhaften, Schwächlichen, ja des Dekadenten. Kein Schriftsteller unsrer Zeit besitzt so tiefe Einsichten in die Bedeutung der Krankheit für das Geistige und für den Geistigen wie Thomas Mann. Freilich »was krank ist und was gesund, darüber soll man dem Pfahlbürger lieber das letzte Wort nicht lassen«, sagt der Teufel im *Doktor Faustus*. Und ein andermal meint Thomas Mann (in seiner Nietzsche-Rede): »Krankheit ist etwas bloß Formales, bei dem es darauf ankommt, womit es sich verbindet, womit es sich erfüllt. Es kommt darauf an, wer krank ist: ein Durchschnittsdummkopf, bei welchem die Krankheit des geistigen und kulturellen Aspektes freilich entbehrt oder ein Nietzsche, ein Dostojewski.« Im *Doktor Faustus* nimmt Thomas Mann das Problem noch einmal auf in einer Feststellung, die alle entwaffnet, die sich mit der aufspürenden Psychologie Manns in seiner Nietzsche-Rede oder in seinem Roman *Lotte in Weimar* nicht abfinden können: »Genie ist eine in der Krankheit tief erfahrene, aus ihr schöpfende und durch sie schöpferische Lebenskraft.« Nur aus dieser an Ehrfurcht und verstehender Kritik reichen Einsicht ist das Bild zu sehen, das Mann in seiner Rede von dem großen Denker und Zerstörer Nietzsche entworfen hat. Immer wieder erregt, quält und fesselt ihn die in unsrer Kultur fragwürdige Existenz des Künstlers: »Man ist als Künstler innerlich immer Abenteurer genug. Äußerlich soll man sich gut anziehen, zum Teufel, und sich benehmen wie ein anständiger Mensch.« So Tonio Kröger, der Mann, der ein ins Künstlertum verirrter Bürger und ein ins Bürgertum verirrter Künstler ist.

Zwei Werke Manns sind von besonderer Bedeutung und wahrhafter Größe, zugleich von aufschlußreicher, verräterischer Selbstdeutung: Die Meisternovelle *Tonio Kröger* und sein Spätroman *Doktor Faustus*. *Tonio Kröger*, dem dichterisch höchsten Bereich zugehörig, hat Szenen und Episoden von künstlerischer Farbigkeit und menschlicher Unmittelbarkeit wie wenige Novellen dieser Epoche. Der Abschiedsbrief, den Tonio Kröger in dieser Erzählung an Lisaweta schreibt, ist ein Musterzeugnis für die dichterische Eigenart und die Höhe der Sprachkultur, die Thomas Manns Werke auszeichnen.

Zwischen beiden Bekenntnis-Dichtungen stehen unvergeßbar einprägsame dichterische Leistungen, so das romanhafte Märchen *Königliche Hoheit*, das Schicksal eines Prinzen, der durch die Liebe sich seines vom Stande gelösten Menschentums bewußt wird. Von europäischem Range war wieder der große Roman *Der Zauberberg,* wie die *Tristan-*Novelle in einem Sanatorium spielend. Er ist das früheste Beginnen des dem realen Leben so sehr verpflichteten Dichters, jenen Bezirk zu gestalten und mit Leben zu erfüllen, den er im *Doktor Faustus* endgültig verweltlicht: den Bezirk des Transzendenten, des Metaphysischen, insofern er Krankheit und Tod mit parapsychologischen Wirklichkeiten in den gelebten Alltag einbezieht. Der Roman ist zugleich eine kritisch beobachtende Bestandsaufnahme der Problematik des europäischen Lebens um die Jahrhundertwende.

Wie ein Präludium zum *Zauberberg* lesen wir die Novelle *Tristan,* auch hier eine Dichtung, die immer wieder hinter der Wirklichkeit der Fabel, dem Tristan-Erlebnis eines Schriftstellers, unsere von uns jeden Tag gelebte Wirklichkeit aufzittern läßt und den ewigen Gegensatz von Tod und Leben in der Entsagung harmonisiert. Die Entsagung gehört zum unentrinnbaren Schicksal so vieler Figuren der dichterischen Welt Thomas Manns. In der Novelle *Tristan* bestrickt und ergreift uns die bei aller fanatischen Wahrheitsliebe des Dichters gegenüber den Seelen-Äußerungen seiner Figuren doch wieder fast nordische Zurückhaltung und Verhaltenheit in der Darstellung des Intimen. So bleibt es auch in der *Tristan*-Novelle bei der Andeutung der letzten inneren Beziehungen der Frau Klöterjahn zu Spinell, dem Schriftsteller.

IV

1933 befand sich Thomas Mann gerade in der Schweiz. Er kehrte nicht zurück. Er wußte, was seiner gewartet hätte: Trennung von der Familie, Konzentrationslager, Beschlagnahme des redlich erworbenen Besitzes, Schreibverbot, Entzug seiner privaten, realen und seiner geistigen Freiheit. Es war Selbstbehauptung und konsequente Haltung, wenn er draußen blieb, ohne daß er daraus ein Recht ziehen durfte, sich gegen die zu wenden, die hier blieben und den geheimen Kampf gegen den Ungeist aufnahmen.

Daß ein Mann von dem Reichtum und der Absolutheit des Geistes, wie er Thomas Mann eigen ist, vom Fanatismus der Redlichkeit, wie er sie in seinen Schriften verkündet, dieses System hassen mußte, bleibt nicht verwunderlich. Thomas Mann schrieb von draußen und sprach von draußen. Es klang vielen deutschen Ohren nicht schön, und noch, als er den längst verdienten Goethe-Preis erhielt, meldeten sich Stimmen des Unmutes und der Verärgerung über die zornerfüllte Kritik, die Mann verkündet hatte. Er sprach sie nicht als Dichter, aber viele versuchten, dem Dichter die gebotene Anerkennung zu versagen, weil er den unangreifbaren Anspruch erhob, politisch eine Haltung einzunehmen, die ihm als sittliche Pflicht einer immer gültigen Humanität galt. Er sprach nicht als Dichter, sondern als Politiker. Wir besitzen das Recht, jede politische Äußerung, mag sie von einem Dichter wie Goethe, von einem Philosophen wie Nietzsche oder von einem Dichter wie Thomas Mann kommen, als unserer politischen Auffassung widersprechend zurückzuweisen. Wer würde da nicht mit Schmerz an Hölderlins fassungslosen Angriff auf den Deutschen in seinem *Hyperion* denken! Solche Äußerungen gehören zur nationalen Selbstkritik, die zu allen Zeiten, gerade bei den Großen, zugleich die Äußerung zorniger Liebe und verbitterten Schmerzes war und die begreiflicherweise bei den Menschen der Mitte stets ein schlechtes Echo fanden.

Als nationale Selbstkritik muß auch der Roman *Doktor Faustus* verstanden, zugleich freilich als große Dichtung und gedankenreiches Denkmal des Schriftstellers gelesen werden. Am Schicksal des deutschen Musikers Adrian Leverkühn erkennt Thomas Mann Wesenhaftes der deutschen Seele, der deutschen Geschichte und zugleich des Schicksals des Künstlers. *Faustus* ist nicht eine Aggression gegen Deutschland, richtiger bezeichnet man diese Dichtung als eine Mythisierung des Deutschen, als eine symbolhafte Darstellung der Tragik und Gefährdung des Künstlers, insonderheit des Musikers. Ebensowenig ist Leverkühn eine dichterische Wiederholung und Verleiblichung eines Typus, der unbedingt als deutscher Typus angesehen werden muß. Thomas Mann zeichnet ein Schicksal auf, das vom privaten Erlebnis, vom Zorn und von verletzter und daher schmerzlicher Liebe zu Deutschland ausgelöst erscheint. Thomas Mann hat auf seine legitimierte Weise gegenüber dem Schmerzlichen, das er im und am Dritten Reich erlebt hat, geantwortet. Aber beides, die Wunden, die ihm hier geschlagen und die ihm seine Worte eingegeben haben, wie das Echo, das er zum Teil aus Deutschland hören mußte, haben nichts gemein mit dem großen Künstlertum, das auch in der Dichtung des *Doktor Faustus* bezeugt ist. Der Roman ist ein Alters-Kunstwerk, wie die späten Selbstbildnisse Rembrandts und wie *Wilhelm Meisters Wanderjahre*: nicht die bildhafte unmittelbare Anschauung, sondern die darin manifestierte Weisheit eines reifen Lebens machen diese Werke zu Meistertaten, mit deren geistigem Gehalt sich auseinanderzusetzen für kommende Generationen sich lohnt, weil die Auseinandersetzung sie bereichert. Dabei ist dennoch dieser Roman reich an Episoden von plötzlich letzter urtümlich-dichterischer Kraft. Wie Thomas Mann so nebenbei von der Gutsbesitzerin Schweigestill die Geschichte eines Bürgermädchens erzählen läßt, das sich mit dem Chauffeur des Vaters eingelassen hat, und nun auf einem Gutshofe die Geburt abwarten muß, um in Davos aus ihrer Todesbereitschaft heraus ihr Erlebnis mit dem Tode abzubüßen, ist ein Meisterstück nicht nur der erfindenden und gestaltenden dichterischen Phantasie, sondern auch der menschlichen Wärme des sonst so um kühle Zurückhaltung bemühten Dichters. Man kann viel gegen den *Doktor Faustus* einwenden, aber diese Einwände sind höchst subjektiv und relativ. Man kann bei aller Ehrerbietung vor der großen künstlerischen Leistung, die Thomas Mann in diesem Roman beweist, skeptisch sein gegen die Symbol-Belastung dieser Figurenwelt, die viele Leser nicht überzeugt, sondern oft mehr erregt und anregt, aber das ist vielleicht das, was der Dichter will und mehr nicht. Auch die Gleichsetzung Leverkühns mit Deutschland ist fragwürdig, weil Einzelschicksale nie ein Kollektivschicksal spiegeln können, auch nicht symbolisch. Hier bleibt stets ein Rest von Ungefährem, nicht – – Endgültigem. Man hat die Welt dieses Romans eine »Welt ohne Transzendenz« genannt und damit sagen wollen, daß die Verweltlichung einer Figur wie der des Satans aus dem modernen intellektuellen Unglauben entstand, aber Unglauben nie eine Hintergründigkeit offenbar werden lassen könne. Dieser weltanschauliche Einwand kommt, wessen wir uns klar sein müssen, nur von einem bestimmten Stand*punkte* aus, von einem *Punkte* des weltanschaulichen Stehens in dieser Welt, neben dem sich andere Standpunkte immer behaupten werden. Die deutsche Sprache redet deshalb vorsichtig von einem Standpunkte und nicht etwa von einer gültigen Standfläche.

V

Was den Roman kennzeichnet ist seine Viel-Deutbarkeit, sein Gedankenreichtum voll assoziativer Möglichkeiten. Thomas Mann schrieb mit dem *Doktor Faustus* einen gedankentiefen, philosophisch mit schwerer Fracht beladenen Roman, eine Dichtung, deren Charakter als Werk kämpferischer Kontemplation gekennzeichnet ist.

In den Jahren, die Thomas Mann die in diesem Roman fast in mythische Bereiche gehobenen Erlebnisse bescherten, schuf er an einem großen dichterischen Zyklus, der in ferne biblische Vergangenheit führt: die Geschichte von *Joseph und seinen Brüdern* wird von ihm vergegenwärtigt und in unsre Vorstellungswelt gebracht. Es ist ein wundervoller Kunstgriff Thomas Manns, mit den Mitteln zugleich einer genauen Protokoll-Führung des Geschehens, der exakten Beschreibungstechnik und der spielerischen Ironie diese Vergegenwärtigung herbeizuführen.

Aus dem romantischen Weltgefühl ist uns die Ironie geschenkt als die souveräne Freiheit des Schriftstellers mit der Wirklichkeit selbstherrlich umzugehen. Thomas Mann erweitert diesen Begriff, indem er Menschen und Menschenumwelt – hier aus der Bibel – mit wohlwollender Respektlosigkeit demaskiert, d. h. ihnen den Schein, die Etikette, gleichsam das Kostüm der Seele nimmt, um uns ihre Wirklichkeit, ihr tatsächliches Sein zu zeigen. Er gibt uns vermöge solcher Ironie Einblick in das tiefere wahre Sein, eben in das Wesen jener Menschen und macht damit deren Probleme und die damit verbundenen überlieferten, ausgeschmückten oder neu erdachten Vorgänge einer biblischen Vergangenheit zur Gegenwart, zu einer von uns geglaubten Wirklichkeit.

Thomas Mann hat, um nochmals von dem Politiker Mann zu sprechen, von jenem Seeleneigentum Gebrauch gemacht, das der große Rechtsphilosoph Radbruch einmal neben dem politischen Irrtum als elementarstes Menschenrecht bezeichnete, von dem Rechte der Wandlung. Er hat einst in den *Betrachtungen eines Unpolitischen* einen konservativen Standort eingenommen und für die hohen Werte geistiger Überlieferung Stellung bezogen. Eben, weil er diese Werte der Überlieferung von einem ungeistigen Gewaltregime verraten sah, bekannte er sich zur westlichen Demokratie mit ihren Lehren einer verpflichtenden Humanität, die ihm allein Garant ist gegenüber einem sonst unaufhaltsamen Untergang der abendländischen Kultur.

Dankbarkeit und Ehrerbietung ist auch dort, wo der Einzelne einen anderen politischen Standpunkt einnimmt, eine Ehrenpflicht gegenüber der großen Leistung, die ein schöpferischer Geist aufzuweisen hat. Thomas Mann, der einmal meinte, sein Werk sei zu deutsch, um übersetzt werden zu können, hat seine, wenn auch schmerzliche Liebe zu Deutschland oft bezeugt und eben erst seinen *Doktor Faustus* »ein schmerzliches Bekenntnis zu Deutschland« genannt. Deutschland besitzt keinen Romandichter, der die Höhe und den Reichtum des Lebenswerkes Thomas Manns erreicht. Er schreibt in dieser Sprache und hat diese Sprache bereichert. Im tieferen Grunde sind alle seine Werke zugleich dichterisches Zeugnis eines sehr redlichen und sehr ernsten Bemühens, sich mit dem furchtbar schweren deutschen Problem auseinanderzusetzen, das, wie wir wissen, unendlich kompliziert ist und an dessen Lösung wir alle mitarbeiten müssen. Keinem bleibt diese Aufgabe erspart. Ehrfurcht vor dem Geiste an sich und Dankbarkeit für jene große Leistung eines Einzelnen, die noch künftige Generationen beschäftigen, erregen und bereichern wird, ist aber ein wichtiger Bestandteil dieser nationalen Aufgabe.

1950   *Rudolf K. Goldschmit-Jentner*

Thomas Mann

Fischer Taschenbuch Verlag